U0726256

腹中款曲

李春 著

长江出版传媒

长江文艺出版社

图书在版编目（CIP）数据

腹中款曲 / 李春著. -- 武汉：长江文艺出版社，2022.8
ISBN 978-7-5702-2620-7

Ⅰ．①腹… Ⅱ．①李… Ⅲ．①散文集－中国－当代 Ⅳ．①I267

中国版本图书馆 CIP 数据核字（2022）第 050842 号

腹中款曲
FUZHONG KUANQU

责任编辑：谈　骁	责任校对：毛季慧
封面设计：璞　间	责任印制：邱　莉　王光兴
全书插图：李　妙	

出版：长江出版传媒　长江文艺出版社

地址：武汉市雄楚大街 268 号　　邮编：430070

发行：长江文艺出版社

http://www.cjlap.com

印刷：湖北新华印务有限公司

开本：880 毫米×1230 毫米　　1/32	印张：6.875　插页：4 页
版次：2022 年 8 月第 1 版	2022 年 8 月第 1 次印刷
字数：118 千字	

定价：58.00 元

版权所有，盗版必究（举报电话：027—87679308　　87679310）

（图书出现印装问题，本社负责调换）

都是回家，或者安家。

没有地铁，你可以光明正大地走在地面以上，随时看见天空。这个城市 20 年前修建的地下通道还在空着，像是一个防空设施，关键时刻才用；像是一次公共实验，开个头就可以；像是一次行为艺术，挖地三尺又何妨，地下通道并没有把人们教化成功，他们在地下通道之上，像他的祖先那样慢慢地走着。不需要臣服于地面，不需要与地层共谋。地下，原意是秘密，隐蔽，非法，不能见光。但这里，地大，走路可以光明磊落，可以走在阳光下，反正阳光那么多。20 年后新修的天桥也是如此，高高在上地空着，符号意义大于实际功能，有就行了，不一定要用。不用上天入地，地上到处有路。

曲靖并不深刻。历史学者一直力证曲靖的深刻、悠久、古老，但史书并不配合。深刻，要么有伤痛，要么有辉煌。作为云南的东大门，曲靖一直被称为"入滇锁钥"，云南的咽喉，入滇第一道关卡。曲靖一直被途经，偶尔被停留，很少是目的。诸葛亮也好，傅友德也好，韦仁寿也好，曲靖之于帝国战将，虽然置府，但多为征途，多为王朝大一统战略之一环。所以，长期以来，曲靖的领土意义并不浓烈。但在人们的日常生活中，这并不重要。领土、疆土是帝王的大沙盘，曲靖人只把它视为故土，靠它可以生养的土地。曲靖的深刻是慢，一饭一菜之慢，饮之慢，食之慢，你来我往之慢，欲望之慢，野心之慢。不用赶，吃了再说，吃了再走；喝杯茶再说，喝杯茶再走；坐一哈再说，坐一哈再走，时间有的是，赶了干什么。

即使是赶，也是赶往下一个慢。

曲靖是一座好吃的城市。曲靖坐拥云南两大坝子，是云南少有的一马平川的大地，在这块土地上种下什么都有可能，只要天答应、地答应就好。无论时代如何辉煌，但这古老的土地未曾改变，秦时明月汉时土，此土依然是彼土。这里的人们以此为荣，以至于他们总会骄傲地对别的地方菜指指点点，说三道四，居高临下，不知深浅。曲靖远离京畿，是一个永远也不会产生国宴的地方，并不是不崇尚精致，而是不崇尚烦琐，反正离土地那么近，左手下种，右手采撷，何必小心翼翼，物产有的是。这里的人们奉行"一锅煮"，红的绿的，荤的素的，软的硬的，家的野的，河鲜山野，没有什么不可以煮在一起。"一锅煮"就是一种主义，开放自由；一种理想，天下大同；一种生活方式，质朴粗犷；一种生活智慧，兼容并包。城市的商业中心既有咖啡、奶茶、炸鸡、面包、甜品、啤酒，也有饵丝、米线、卤面、稀豆粉、烧饵块、烧洋芋，仍然保留古法，曲靖没有把东方和西方细分，咖啡与洋芋齐飞，啤酒共豆腐一色。人们在吃的问题上孜孜不倦、循古法遵旧制、创新法探时尚，另外的人们则用嘴巴来进行选择和投票。好（hǎo）吃和好（hào）吃，才是曲靖的细节。

无论如何，曲靖都很难成为直接为国家做出杰出贡献的城市。不远处，马雄山麓，清水汩汩流出，淌成珠江。在珠江之尾，中国新民主主义革命的先驱孙中山从这里出发；在珠江之源，孙中山的革命伙伴——浦在廷装上火腿，从这里启程，走向珠江；中国的改革开放也从珠江之滨的城市——深圳启航。一方水土，还养了另一方人。

2021/02/10 改

2021/11/16 再改

曲靖，流向珠江

我去过

距曲靖市区八十公里

吉普车的后轮糊满红泥巴

被迫停在野刺边上　无人带路

只能跟着流水的声音步行

它指出一条无法畅达的路

翻越巨石　被烂泥咬住鞋跟

荆棘举着刀晃过左颊　迷途知返时

一滴水珠子从岩石缝里掉下来

这就是珠江源　古人

刻在石壁的真书足以证实

仿佛囚犯刚刚钻出监牢的光脑袋

荒凉 野蛮 贫乏 命令我赞美

它自己想象出自己的洪流

想象出涓涓 滚滚 滔滔 浩浩 荡荡

想象出平原上的三角洲

想象出大米和海阔天空

并实现在将来 但这样开始也过于简陋

架空了我从《辞源》上学来的那些比喻

散落于干涸沼泽中的石头在发白开裂

仿佛埋怨上帝不该把它们指派到这个小地方

这源头我曾马马虎虎地写过草稿

大约 20 年前 失踪了 记不得修改后发表在何处

去年它出现在澳大利亚 被某人译成了英语

　　这是诗人于坚的诗作《珠江源》。诗人到达珠江的时间应该是 20 世纪 80 年代，荒凉、野蛮、贫乏，小地方，一块石头都嫌它小，一条大江简陋的开始。明崇祯十一年（1638 年）农历九月，徐霞客为了探明珠江的源头，再度来到交水（今沾益）县城居民龚起潜家。"初九日，是日为重九，高风鼓寒。下午，主人携菊具酌，不觉陶然而卧。""十一日，初余欲从沾益并穷北盘源委，至交水，龚起潜为余谈之甚晰，皆凿凿可据，遂图返辕，由寻甸趋省城焉。"徐霞客就在这里、就在这一天与珠江源失之交臂，成了一个伟大的遗憾。次日一顿午饭之后，便南下昆明，最终在那里写成了科学名篇《盘江考》。在《盘江考》里，徐霞客留下"南北两盘江，……其发源俱在云南东境""南盘自沾益州炎方驿南下"两句重要的考证，指明了珠江的源头。这一年，他与源头仅 60 公里之隔。虽未亲履所至，却明确无误：源头就在曲靖。1985 年，珠江水利委员会通过各种技术手段，确定炎方地界的马雄山麓为珠江的正源，印证了徐霞客田野调查的正确。正源勘明，于是刻碑记于洞口石壁：

黄帝画野，始分都邑；大禹治水，初莫山川。珠流南国，得天独厚。沃水千里，源出马雄。古隶牂牁，今属曲靖。地当黔蜀之冲，山接乌蒙之险。三冬无冰雪，四季尽葱茏。滴水分三江，一脉隔双盘。主峰巍峨，老高峙立。溪流泉涌，若暗若明。汇涓螯流，出洞成河。水流汩汩，终年不绝，是乃珠江正源。海拔二千一百余米。穿牛界、过花山，南盘九曲，清流激湍。红水千嶂，夹岸崇深。飞泻黔浔，直下西江。汇北盘于蔗香，合融柳于石龙，迎邕郁于桂平，接浔江于梧州，乃越三溶，出羚羊，更会北东二江，锦织三角河网，八口分流，竟入南洋。四十五万三千七百平方公里流域，二千二百一十四公里流长。年均水量三千四百亿立方米，蕴藏水能三千三百万千瓦。聚九州之英华，集五岭之灵秀。气候温和，风光奇美，河水充盈，物产丰饶，土工昌盛，旅贸繁荣，江水恒流，世民泽被。仰前朝之伟绩，秦渠宋堤；慕当代之风流，大化新丰。今政通人和，华夏中兴。乃重勘珠江，复探珠源。拓三江之水利，展四化之宏图。乙丑孟秋，立碑永志。

公元一九八五年八月十六日

碑记大气磅礴，气势恢宏，文笔精练，感情真挚，系由珠江水利委员会办公室副主任王治远撰写，王治远为广东阳江人，难怪。只有深受珠江哺育过的人才会对珠江源怀有那么深刻、动人的感情，不仅如此，王治远还是当代最早参与探寻珠江源的探源人之一，他对珠江源的感情自然比别人更深。这样的深情，也许只有源头源尾的珠江人才能懂得。只可惜天妒英才，王先生36岁上便英年早逝，实在令人惋惜。

后来，在云南大干快上建设旅游大省的背景下，曲靖也不甘落后，珠江源被辟为景区。但效果难如人意，游客寥寥，到达珠江源的游客都觉得"没得玩场"。是的，珠江源不是景区，不是玩场。在现代旅游的定义里，景区是巨大的商业体，是游乐场，是囚禁动物的动物园，是表演充斥的民族村，是仿造的古城，是海洋馆，是名人故居，是有求必应的寺庙，是佐证历史的博物馆，是关起门来收费的公园，是不明究竟的美术馆，是皇家宫苑，相比之下，珠江源既不好玩也不好看。对见惯了大山的云南人来说，它就是个普通的溶洞，偏居一隅，还几乎被植被覆盖，平凡得没有一点大家之相。在没有到达珠江源之前，在我的概念里，珠江源应该是像壶口瀑布那样大气磅礴的江河之源，有形，有声，有势，有容有貌，然而，珠江源竟然连个名字都没有，当地人都叫它"出水洞"，这个称呼在当地相当于给一个还没有上户口的孩子取名"狗蛋"一样，只是为了识别。它甚至连流水的声音都没有，水流缓缓地从洞口汩汩流出，落在洞口的浅滩里，完事。你千万不要以为这是大音希声，它不是不想出声，而是真的发不出声来。

珠江源是一个任何人徒步就可以到达的大江之源，与其他壮丽的自然景观不同，珠江源走过去就是了，就像走向村子里的一口水井那么普通寻常，这使得珠江源丧失了起码的神圣庄严，居然没有一点神性，简直是一个平民洞口，根本不配赢来人间香火，根本不配游人如织。它跟黄河的源头一样，"很难相信，就这么一点点哭泣般的细流，到后来会成为那样滔滔滚滚的大河。"（于坚：《众神之河》）

但是，源尾的人不是这么看。某年，广州一位媒体记者在一次"珠江行"的采风活动中来到源头，看到静如处子的珠江源，竟然丢掉手中的相机，从源头的浅滩中掬起一捧水来号啕大哭。面对如此失态的同行，一旁的本地记者却一脸茫然。本地记者当然不明白，这不是普通意义上的哭，这是一种母子相认、血缘相亲的哭，这是给他以及他的祖辈后世以生命的源头，这是珠江的子宫，是珠江子民共同的母亲，他捧起的不是水，而是母亲的初乳。就像被离乱阻隔，一出娘胎就天各一方，今天终于相认了，母亲原来是这样平凡，平凡得连珠江上的某个落差都不如；却又如此伟大，伟大得可以创世。没有这个母亲，一切都将归于无，归于黑暗，归于枯燥，归于死亡。2006年，第三届泛珠三角合作与发展论坛（"9+2"论坛）在珠江源举行，香港前特首未等仪式结束便疾步奔向源头，掬起一捧清水轻拍额头，激动之情，溢于言表。后来，特首入罪，但珠江源依然汩汩流淌，不舍昼夜。老子曰，"天地不仁，以万物为刍狗"，珠江源不区别正义与邪恶，它不选择高低贵贱，它只管流淌、繁衍、哺育，向大海源源不断地注入淡，注入新，让大海常新。

记者之号与特首之吻，是源尾人们的动情之举，也是必然之举，不是所有喝珠江水的人今生都能够来到这里，此生此世，来到这里，也许只是这一次，唯一的一次，终于找到了生命的源头，短暂相见，然后又是别离，不知何年再见。为什么不应该哭呢？你即将要离开的是你的母亲呀。

这不仅是大江的源头，也是人类文明的源头。1982年，当地的考古工作者在珠江源头洞穴内发现珠江源人下颌骨化石，经测定为人类晚期智人，距今5000—10000年，证明了早期珠江源头就有人类活动，结合南盘江流域的珠街出土的炭化稻化石，说明大约5000年前珠江源头的广大区域不仅有人类活动，而且已出现了原始农业。这是考古工作者的源头。但珠江源还是其他不同定义的源头，徐霞客的源头，农民的源头，牧羊人的源头，游客的源头，诗人的源头，灌溉的源头，下游的源头，当地的旅游部门把它定义为大江的源头、心灵的源头、活力的源头。这些不同定义的源头，都是人类的自作聪明，而珠江源却不动声色，它不管这么多，就这么淌着，一出马雄山，就铺了开来，像大地的血管，蜿蜒、曲折、迂回，把生命送向了远方。就这么一个洞口，淌出了南中国第一大河——珠江。它是黑暗中的光，它使人们意识到了生，光到哪里，哪里就活了起来。2012年，中国科学院遥感应用研究所利用遥感技术对珠江的长度和流域面积进行了量测，并得到了准确数据，确定珠江为中国第二大河流。板上钉钉，再次呼应霞客先生的考证。珠江源一路南下，流经云南、贵州、广西、广东、湖南、江西6个省（区），并在下游三角洲漫流成网河区，经由分布在广东省境内6个市（县）的虎门、蕉门、洪奇门、横门、磨刀门、鸡啼门、虎跳门和崖门8大口门流入南海。至此，珠江源完成了它在陆地上的使命，把光交给大海。

诗人艾泥写的罗平九龙瀑布是珠江上游南盘江的一段：

一首诗是另一首诗的前奏

或者一首就是另一首

一条大河与一座瀑布

比如九龙河与

九龙瀑布

我曾经在山顶看见它的蛇行

穿过村庄、乱石、灌木丛、喜鹊窝、耗子洞

它有它自己的美学，选择了那些轻的——

白菜叶、草根、秸秆、避孕套、塑料袋

哦，春天，一河的花瓣，苦豆花、棠梨花、杜鹃花……

没有好的，也没有不好的

它带走它能够带走的事物

我是我的喀斯特地形 我经历过

多少漏底和跑偏

才找到这个巨大的落差

美啊，最是那纵身的一跃

    没有好的，也没有不好的，它带走它能够带走的事物。天地无德，上善若水，一视同仁，珠江源就这样流出曲靖，不加区别，不论褒贬，不分亲疏，它日夜奔流，径直打开了中国南方的世界。在珠江的末端，珠江源带来了广东面积最大的冲积平原——珠江三角洲，完成了诗人的想象。珠江三角洲位于中国广东省中南部，明清时期称为广州府，是广府文化的核心地带和兴盛之地，范围包括广州、佛山、肇庆、深圳、东莞、惠州、珠海、中山、江门九个城市。珠江三角洲九城之一的佛山，地处珠三角腹地，毗邻港澳，珠江水系的西江、北江贯穿全境，水丰河沛。珠江三角洲面积广袤，土层深厚，水网密布，表面平坦，土质肥沃，是良好的农耕区。

这是源头为源尾带来的福祉。不是这样的源头，就没有这样的源尾。没有人可以设计这样的自然，再伟大的设计师，面对这样的山川河流，要改变它也是一筹莫展，徒叹奈何，心存敬畏才是正道。

佛山，是著名的侨乡。明清时期，佛山曾与湖北汉口、江西景德镇、河南朱仙镇并称为"中国四大名镇"，只是"五口通商"之后，广州才取代佛山成为南方的商业中心，可以想见佛山的昔日繁华。历史上，许多广东人为了谋生，借船出海，远赴南洋。到了明朝，人口剧增和内乱频仍，导致东南沿海的华人纷纷离乡南下谋生。尽管朝廷有严苛的海禁政策，但下南洋的广东、福建人一度到了高峰，清朝时期，下南洋已经成为较为普遍的现象。英国、荷兰等国对南洋诸国实行殖民统治后，迫切需要华人劳工到殖民地进行拓荒，并制定了若干的"惠华"政策以吸引勤劳智慧的华人南下。在这样的背景下，华人下南洋达到了高峰，其中广东、福建一带占到了九成以上，这些南下的华人在当地辛勤打拼，以图获得更多的经济收入后返乡夯实家业、壮大家族。殖民统治者对当地实行殖民统治的同时，也带去了西方的生活方式和饮食文化。"五口通商"后的清宣统元年（1909年），上海美华书馆出版了中国最早的西餐烹饪食谱《造洋饭书》，意味着西餐最迟在清代后期，已随传教士与洋商登岸中国。"洋饭"当然也登陆广州并逐渐向周边传播。类似的情况，同样出现在南洋诸国，甚至更盛。而下南洋的华人在殖民地经商务工时，也在适应当地的饮食习惯的同时被西方人带到当地的饮食文化所潜移默化。他们回到故土，也把南洋和西方的饮食文化带回了家乡，并与故乡的饮食文化相融合，产生了新的饮食文化形态，一代一代，逐步成型并相对稳固下来。不仅如此，华人还带回了一些南洋的作物种植推广，如番薯即由福建人从菲律宾带回并成功种植，《明万历实录》即有记载。这些作物，就成了后来的食材。在本土，珠三角地区丰饶的水产和陆上食物，又为佛山的饮食融合发展提供了更为丰富的实物储备和物质空间。就这样，佛山的"人"带回了西方的"文"，结合地上的"物"，由"内"及"外"，就形成了佛山特殊的饮食文化。

在佛山的东南部，是顺德。顺德人没有把珠江当作玩场，而是把它当作了生活现场，在这里点起了人间烟火，做出了世界上最好吃的一桌菜。顺德地处珠三角腹地，内连珠江，外接大海。这为它提供了最为丰富的水产。顺德大部分区域属于河口三角洲平原，境内河流纵横，水网交织，河床较深，是灌溉、养殖的天堂。顺德人因势利导，发展桑基养鱼。桑，蚕桑；基，基塘，池塘。在内河旁的陆地上挖开基塘，陆地栽桑养蚕，塘内沃水养鱼，桑叶用来养蚕，蚕沙拿来喂鱼，养鱼产生的鱼粪用于塘泥，又作为桑园的肥料，形成了一个生态和生物闭环。顺德人日常的生活充满了智慧，不造成一点浪费。桑，让顺德成了广东的纺织重镇，承担着佛山的出口重任，打造成经济支柱。基，内河和陆地的物产是顺德人的生活基础，激烈繁忙的商战下来，不能亏待自己，要吃讲究点，吃慢一点。民国文人聂庵论及"广州的吃风"时说，"顺德县以丝业钱庄业有名，富人很多，子孙习于纨绔，天天只考究饮食享用，花样翻新，所谓

'凤城（即大良，为顺德县治）食品'为广州人所艳称"。可见"广州吃风"实为"顺德吃风"，只是其"习于纨绔"的说法有失偏颇，纨绔的吃法是糟蹋，是吃给别人看，是吃面子，吃虚荣心，吃热闹，是不求甚解，是吃在嘴上。顺德人才不这样，顺德人的吃一点都不浪费，是吃门道，是吃味道，是吃在胃里，是吃经济，吃得独擅胜场，是用心在吃，吾侪不敢暴殄天物。重商的顺德人认为，先要有物质基础，然后才有精神生活；先要活着，才有生活，但是生活不能将就，要讲究。与源头的质朴相比，源尾更加务实，更加雅驯。

粥，是顺德人乃至广东人须臾不离的主食，也是顺德甚至广东的拿手食物。水稻在广东耕种的历史超过 6500 年，这也是广州被称为"穗"的由来。这与源头发现的距今 3000—10000 年的炭化稻化石遥相呼应。珠江三角洲是中国重要的水稻产地之一，顺德地处珠江水域中心区域，西江和北江冲积出富含有机质的土壤，亚热带季风气候带来充足的降水，天生就是水稻生长的天堂。水稻生长需要有水。这一切就都需要一个源头。没有源头，这一切都归于无。没有源头，这里将是一片干涸的大地，就没有顺德塘子里的那些鳗鱼、鲤鱼、鲫鱼、鲩鱼、鲮鱼、鳙鱼等鱼类大家族。顺德地处珠三角中部，离海还有一定的距离。与近海的深圳、珠海相比，海产品比例略少。这决定了内河产出的物产是这里生活的人们的首选。从上往下俯瞰，星罗棋布的一个个基塘就像是嵌进顺德的一只只透明的鱼缸，只要把手伸进去，总能从里面捞出点什么，送上餐桌。由于内河养殖发达，顺德的淡水鱼资源十分丰富，从而带来了淡水鱼烹制技术的高度发达，当地人自豪地说，顺德的淡水鱼做法，在全世界都是排得上号的。曲靖因为鱼化石资源丰富，被称为"古鱼的故乡"，与源头曲靖嵌在石头上的鱼相比，源尾的顺德是把鱼嵌进了生活里，把这里变成了"鱼的天堂"。顺德人把吃作为人生大事之一，一切的食物都"起自耕农，终于醯醢"，吃那么有趣，不该吃好每一顿吗？不仅是顺德，珠江源还给整个珠江流域带来了丰饶的物产，使顺德、佛山、广州、珠三角到全广东，甚至毗邻的香港和澳门，都因此成了举世闻名的美食重镇。珠江源就是这样流到了南粤大地，告别了贫瘠、荒凉，在这里成就了一个新的世界，富饶、繁华，这就是源头的母性。慈母手中的是线，到了游子身上就变成了衣。

　　经济的繁荣，必然带来人口的增长。珠三角地区的人口数量，占了广东全省的大半以上。人口的增长和聚集，为饮食产业的发展提供了更多的专业人才。由于有深厚的饮食传统，加之重视人才培养和输送，顺德吸引了众多的人才加入餐饮行业中。在顺德，有 8000 多家餐饮企业和 80000 多名厨师，其中平均每 30 个人中就有一名职业厨师。厨师，成了顺德的另一张人文名片。不少厨师还到邻近的香港、澳门务工，支撑起港澳的美食地盘，并与广州近相呼应，成为粤菜的发祥地。其中有的顺德人还以精湛的厨艺获得了南洋巨商政要的青睐，走进了深宅大院，传播美食精要。顺德均安的自梳女"燕姑太"欧阳焕燕就曾做过新加坡总理李光耀的家厨。

除了专业厨师，顺德普通居民也把饮食当成了生活中的世俗宗教，赋日常生活以神性，他们以饮食为媒介，以虔诚之心连接着当下的气息和过去的烟火，连接着土地和苍天。在顺德，几乎每家门口都供有土地神，日日香火不绝，香灰堆叠。饮食，是他们在这块土地上安身立命的根本，是家族的最低技能，连饭都做不好，怎么对得起这块土地，怎么对得起村口的那个祠堂？顺德的饮食没有浮夸的仪式，他们只是把这块土地上的物产拿出来，连一块鱼鳞都不丢弃，这是他们最朴素的生活智慧，也是他们长在血液里的商业精神和技术标准。饮食中有经济学，经济学中有饮食。这是顺德人的饮食之道。在一座座茶楼的餐桌上，一盏茶一碗粥，漫不经心之间，一桩生意就谈成了。饮食就在有形和无形之中，隐蔽和显露在顺德人的日常生活之中。饮食从来不是来自庙堂之高，不是来自王法规定，它就是来自一个池塘、一块菜地、一个山头，来自田野、高山、江河，来自一个农家灶头、一个巧妇之手，最后成为大众的一日三餐。它就这样从生活日常变成了生活美学、生活艺术，又从生活美学回归到日常生活本身。

最近，佛山桑园围入选世界灌溉工程遗产，成为首个以基围水利为主体的世界灌溉工程遗产。自宋代开始，经过900余年数代南粤居民的垦种，中国古代最大的基围水利工程终于"当惊世界殊"，赢得了一张世界门票。而在分娩了珠江的珠江源头，干旱经常发生。

为了解除危机，一个个大型水库在曲靖的高原上动工开挖。天地之旱固然可以人力化解，但是精神之旱又要挖一个什么样的水库才能浇灌呢？

在珠江源头，康有为手书的"同饮一江水"五个大字刻于巨石之上。

2020/10/28 初稿

2021/02/20 改

2021/11/16 再改

吃在曲靖与在曲靖吃

云南多山，海拔由西向北、由北向南逐渐降低。曲靖居滇东北高原，也多山，自秦开"五尺道"以来，曲靖便与内地发生联系。自古入滇有三条路：一是灵关道，从川西入滇；一是石门道（即五尺道），从昭通入滇；一是胜境关，从黔西南入滇。自元代始，中原进入云南的第一关就是胜境关，此后元、明、清三个朝代，均从胜境关入滇，治辖曲靖。未进曲靖，一路崇山峻岭，关隘重重，过了胜境关，忽然，一个平原出现了，山脉到此绕到一边，世界宽阔起来。在千山万壑之中，在云贵高原之上，突然有这么一块一马平川的地，不能不感叹造化之神奇和自然的眷顾。这样的平地，可以把一切生命种下去，使吃有了最广袤的可能。

地有了，还得有水。大江大河历来是人类赖以生存的首要条件。考古学家认为，第四纪冰期结束以后，地球大陆上才开始出现大河现象，也就是地球大陆上从此才开始出现 250 万年以来没有出现过的河流现象。曲靖是什么时候出现第一条河流难以考证，有据可查的是，明崇祯十一年（1638 年），中国明代旅行家徐霞客由贵州入滇探寻珠江源头，后在地理专著《盘江考》中推断珠江的源头在曲靖沾益炎方驿。事实上，在徐氏到来之前，珠江源早已默默流淌了千万年，不舍昼夜，奔流向南。生命之水从马雄山麓汩汩流出，首先冲开了山岭，变成了珠江上游的南盘江，来到了大地阡陌，来到了云南最大的坝子（盆地），浇灌良田万顷，滋润万物，大地从此绿了起来。水使植物栽培成了现实。除了留在良田上的，另外的水流则滚滚南下，汇成珠江，养起了大半个南中国，最后汇入沧海。

学者王东岳说，新石器时代有三大特征表达了人类文明的曙光展现：动物驯化，植物栽培，陶器制作。从遥远的新石器时代开始，陶器就与人类的饮食息息相关，可以说，陶器的发展史也是人类饮食生活的发展史。我们在中国任何一个城市的地方博物馆内，几乎都能见到各具特色和富有地方文化烙印的陶瓷器皿，这背后多与当地的饮食文化有关。于是，我们在曲靖的地下发现了三足鼎，相信还有很多的陶器沉睡于大地之下未被开掘。虽然我们今天无法获得一幅完整的全景式饮食地图，但是曲靖今天仍有传承不衰的实物证据——潦浒陶瓷。潦浒，坐落在珠江上游的南盘江畔，宋代开始烧制砖瓦，这是潦浒陶瓷产业的发轫，明代开始烧制陶瓷，清代开始制碗，民国建起具有现代意义的陶瓷工厂，新中国成立后兴盛一时，当年素有"小云南"之称。潦浒的陶瓷，多以生活器皿为主，因质朴简单，经济实用而广受欢迎。概括说，潦浒陶瓷始于明清，盛于民国，繁于新中国，并通过珠江水道远销省内外。这表明，几百年来，曲靖即作为一个饮食之都而存在，只不过它恬淡低调，安然世外。

自古以来，曲靖由于地处偏远，一直处于中央王朝的统治末梢，也正因如此，曲靖才少了太多的战火杀戮，得以独善其身，和平发展。仅有的几次大战——诸葛亮南征用战争带来了和平，带来了农耕技术和民族统一，明时的沐英南征用战争带来了帝国的统一决心，带来了民族融合和人口大迁徙。正是这样的人口大迁徙，给曲靖带来了家族，带来了香火和薪火，带来了稳定和繁荣，奠定了曲靖的人口基数。有了人，就有了一切可能。有了人，才会有各种生活样式、饮食融合和交流，才会有工商文明。民族的融合也带来了餐饮的融合和消长，复杂多样的民族差异慢慢地在一汤一菜、一饭一粟、一锅一灶之中和谐了。

曲靖地处"云南咽喉"，这就使得人流物流交流活跃，同时也带来了食材、人才和饮食文化的交流。咽喉，既是地理的咽喉，也是观念的咽喉。打开了就是开放的前哨，打不开就是封闭的瓶颈。从 2005 年开始，曲靖连续举办了七届美食文化节，提出了"游到云南，吃在曲靖"的城市营销口号，试图打开开放的大门，打造云南的美食中心。这是政府层面首次主导民间力量致力于饮食文化发展的有益尝试，这也是官方首次把曲靖放在云南高度的一次创新之举，政府的底气就在于屁股底下这块土地。曲靖坐拥云南十大平坝中的第一（陆良坝子）、第四（麒沾坝子）两大平坝，物产丰饶，是天然的种养殖业天堂，使得这片土地能够源源不断地提供量多质优的食材，这为美食提供了种种可能，也为食物从大地到餐桌提供了最鲜活的基地。曲靖傲居珠江源头，占尽了源头活水之便，珠江水暖我先知，哪里需要水，珠江源头就来了，把水送到哪里。曲靖风和日丽、四季如春，冬无严寒夏无酷暑，一年四季都能耕种养殖，晴可耕种，雨可浇灌，要风有风，要雨有雨，要怎么种就怎么种，想种什么就种什么。曲靖人口数量仅次于昆明，国民芸芸，食色性也，活着就得吃，死生事小，吃喝事大，先吃为敬，民以食为天，食以民为本，无食之民，民不聊生，无民之食，食行不远，国无民不立，民无国不安，国无食不立，民无食不安，人多，吃饭要紧。历史上的几次移民入滇，丰富了曲靖的饮食习俗，使它变得包容多元，使曲靖人成了最会吃的人，鸡羊牛马，可以拿来吃；土豆白菜，可以拿来吃；山茅野菜，可以拿来吃；虫子野味，可以拿来吃；家宴，可以吃；餐厅，可以吃；炒菜，可以；火锅，可以；正餐，可以；小吃，可以；高档堂馆，可以；路边摊档，可以；婚丧嫁娶，要吃一顿；生儿育女，要吃一顿；升官发财，要吃一顿；人生沉沦，要吃一顿；孝敬父母，要吃一顿；爱惜幼小，要吃一顿；有钱，要吃一顿；没钱，要吃一顿；吵架了，吃一顿；和好了，吃一顿；恋爱了，吃一顿；分手了，吃一顿；熟人，吃一顿；生人，吃一顿；赚了，吃一顿；亏了，吃一顿；天晴了，吃一顿；下雨了，吃一顿。人生不就是一顿挨一顿吗？经济学家讲的社会发展不就是一顿挨一顿吗？吃就完了，何必故弄玄虚。

经过多年的努力和探索，美食文化节把不起眼的饮食由日常的生活变成了文化，并把文化两个字深深地刻进曲靖人的肌肤和血液中，使曲靖人变得逐渐重视起一日三餐来。正是经过这样的反复洗练，才打造出了云南"独菜之乡"这样的地域名片，使"吃在曲靖"成为滇人共识。在一次次的美食活动中，餐饮人才得以脱颖而出，成为云南的行业翘楚。最为重要的是，曲靖人的饮食观念由原来的"做饭"变成了"烹饪"，由原来的"吃饭"变成了"品味"。

后来，由于诸种原因，美食文化节停摆了。美食文化节虽然消失了，但美食仍在。美食文化节虽然消失了，但唤醒了人们沉睡的意识，养成了生活艺术观，激发起民间的创造力和积极性，使"吃在曲靖"成为曲靖人的美食自觉和地域自信。遗憾的是，历届美食文化节更多停留在赛事层面而无纵深发展，在资源整合、品牌建设、政策扶持、产业融合、理论研究上没有形成完整的系统，但这恰好留给行业更多的思考空间。

多年来，不少外来餐饮连锁品牌在曲靖都折戟沉沙，这让不少业内人士质疑曲靖的饮食包容性。事实上，不是曲靖缺少包容，而是这些外来饮食缺少对这片土地的理解，没有走进这个城市的生活，它们忽略了一城一味的城市个性，一厢情愿地用一个城市的所谓经验来对另一个城市的经验进行攻打。但是，饮食不是标准化，不是连锁系统，不是 logo，不是整齐划一，饮食是一门大地的艺术，你得掌握对这片土地的分寸，饮食是一道人文景观，你得号准了生活在这片土地上人的脉搏。曲靖的饮食不像海派粤派那般精致，它难登大雅之堂，但它粗犷豪放，简约大气，自然任性，天真野性，不事雕饰。曲靖的饮食源头来自丰收时节，来自欢庆时分，来自神秘的祭祀时刻，来自民族间的交流，来自婚礼现场，来自劳作之余的即兴将就，只是曲靖人把将就变成了讲究，变成了粗犷的讲究。讲究不是做作，不是向宽处铺张，而是向深处发力，不是凭空捏造和莫名拼凑，它永远有一根脐带连向土地，连向高原、坝子、江河、阳光、空气、神祇。

饮食是讲水土的，一方水土养一方菜，一方菜肴养一方人。饮食也是讲究气的东西，气是空气、天气、气候、气象、大气、人气、香气、运气、节气、气氛、灵气、霸气、气息、气质，气就是魂。但饮食也不完全是纯自然的选择，饮食也遵循社会学所讲的"所得再分配"的规律，我们从土地上获得物产，通过饮食习俗、经济规律把它们进行分配，分别走进了千家万户的灶头，最后再以丰富多样的形式回到各自的餐桌。一棵同样从曲靖出发的白菜，在曲靖形成的菜肴与在广州形成的菜肴，必定会有不同，同样的原料终究会有不同的面貌。一样米，百样饭，百样人，饮食就是人学。

"吃在曲靖"一定要在曲靖吃，要的就是那份地气，离开了曲靖，就断了那份气，滋味尽失，气息全无，全然不是那个味了。饮食是乡愁，一头连着故乡，一头连着远方。离开了故乡，饮食就是孤悬于外的游子，就是无根之木，故乡的滋味，就像朱自清留学英伦时盼想故乡的吃食时所说，常"教人有故国之思"，人可以去向远方，饮食却不能流浪。因为它的后厨就在故乡。

人生不过就是七八万顿饭，要把每一顿都吃好。

2018/12/11

2021/02/19 改

独菜有多独

前不久受托为旅游部门赴重庆专场推介曲靖旅游写一个文案，其中美食是绕不开的环节，我说重庆和曲靖都是：一座好（hǎo）吃的城市和一座好（hào）吃的城市。好（hǎo）吃是吃场多，好（hào）吃是爱吃的人多。差别在于：重庆是中国的火锅之都，曲靖是云南的独菜之乡，这是差别，也不是差别，反正都是锅里见、火上见。火锅的重庆是煮一锅，独菜的曲靖是一锅煮，形式大致相似。火锅玩的是底料，独菜玩的是主料。重庆把火锅玩成了大产业，分工精细，下游产业和周边产业繁荣昌盛，薪火相传；而曲靖却依然保持着边地的粗犷和野趣，质朴和原生态，这既有生活节奏之慢带来的从容，也有曲靖人对云南第一大坝子物产的自信。

曲靖位于云南的东北方向，处于北纬 24 度—27 度之间，春和景明，夏无酷暑，是个不需要开空调的地方。气候不冷不热，生

活不紧不慢，春夏秋冬都可以一锅煮。春季大地醒来，开始生养，万物竞放，乍暖还寒，适合一锅煮；夏季气候炎热，植物繁茂，农事繁多，适合一锅煮；秋季凉爽，宜进补，得靠一锅煮；冬季偏寒，炒菜耗时又易冷，还得一锅煮。一锅煮方便快捷，家居、宴请、接待放之四海皆准，免去中餐的备菜点菜之累，这也是曲靖人的生活智慧。一位曾经担任某部门办公室主任的兄长曾这样透露他的接待秘诀：天南地北客，桌上一锅煮。

一锅煮，专业术语就是独菜。所谓独菜，就是独立成菜，一菜成席，一菜成系。一菜成千席，席席各不同。万席归一宗，一宗系一系。

独菜在曲靖主要有牛、羊、鸡、鱼、火腿五种，这是官方的分门别类。民间可不管这么多，大地上的物产那么丰饶，能上餐桌的就都把它搬上餐桌。民间甚至不管什么是独菜，鹅，鹅，鹅，曲项向炊锅，春江水暖鸭先吃，能吃的全数下锅就行了。独菜是火锅，但火锅不是独菜。火锅是个筐，样样往里装，锅底为主，各色食材反倒处于配角的地位；而独菜则是某种动物振臂一呼，其余万素云集，陪它下火海。火锅虽然帮派林立，但荤菜大凡也就牛肉、羊肉、五花、毛肚、肠子、丸子之类的菜式，此外还有不少流水线上的冻品。而独菜则直接从大地走来，刚刚还活蹦乱跳，下一秒就新新鲜鲜上桌，肉身还有山水的味道。火锅的汤能煮不能喝，而独菜的汤是要先喝为敬的。一而汤，再而肉，三而素，循序渐进，科学合理。

牛系列的独菜，前些年流行清汤熟牛肉火锅，简称牛汤锅，还有黄焖的黄牛肉火锅，近年则是干锅、涮牛肉唱上了主角。羊肉也一样，有全羊汤锅有黄焖，最出名的当数随处可见的"富源小街子羊肉"，一锅老火清汤，全羊悉数入瓮，锅中一个铁架，架上满满一碗蘸料，糊辣子打底，料多味足，一城风行。近年还出现了一种介于清汤和黄焖的新吃法——清焖，一锅清黄不绝的羊肉上桌后，服务员一把焦香的火烧糊辣椒揉进锅中，满屋飘香，万客云集。鸡之独菜也是闻名省内外，最著名的有沾益辣子鸡、圆子鸡，此外还有板栗鸡、煤窑鸡、沙姜鸡、花椒鸡、老坛酸菜竹笋鸡、泡椒鸡等数之不尽，以至于民间还编排出了"天下第一鸡"的段子在餐桌上消遣，可见小鸡之大。曲靖境内有云南第一、四大坝子，素有"鱼米之乡"的美誉。记得曲靖第一届美食文化节，我受邀充数社会评委（业余评委），当时省内的美食专家蒋彪教授曾对曲靖的花白鲢赞不绝口，说曲靖的花白鲢有鳜鱼之美，曲靖人完全没必要吃鳜鱼，吃花白鲢就够了。的确，曲靖的花白鲢细皮嫩肉，颇有少女风范。记得刚参加工作时，每周都要吃几次的化机厂花白鲢才算过瘾。火腿入独菜，恐怕国内也不多见。当年一城风行的钉子厂酸菜猪脚，不知消耗了多少的宣威火腿。还有当时的金三角商场，火腿鸡可是能让人吃到渣汁不留，唇齿留香，浓浓的烟熏味炖出鸡的鲜香，把两种风马牛不相及的动物和谐地搬进了口中，风靡一时。

还有值得一提的是野生菌独菜火锅，说它独，其实一点都不独，因为锅中不是一菌独支，而是百菌相融，浑然一伙。这是大自然对曲靖的特别馈赠，每逢夏季雨落菌出，吃菌几乎成了曲靖人民生活中的一件大事，鲜香满城，森林几乎全被搬上了餐桌。食药部门虽频频预警，曲靖人民照吃不停。

在中国的历史上，平民生存多艰，且文教基础薄弱，无心无力对饮食做深入的考究和整理。商人虽然接触频繁且不少以食为业，但中国的商人又缺乏文字传承的传统。王公贵族虽然饮食精良，却鄙视饮食前后的准备，所谓"君子远庖厨"，故而，中国虽然文献浩若烟海，但有关饮食的文献却寥若晨星。一样，没有人说得清曲靖独菜源于何时何地何人，也许是一个偶然，甚至是一次误操作，独菜就萌芽、生根、开花、结果，并成为一个地方的坚固的饮食习惯了。面对如此广阔的大地和豪放的人民，没有人怀疑从这片大地的每个方位涌现出美味的必然。出这一锅，以及更好的下一锅，对曲靖来说，是迟早的事。

曲靖的独菜不装，不摆造型也不炫技。在田间地头在民间灶台，都找得到它的源头和血脉。独菜不玩花架子不玩绣花枕头，它要的是一头认真吃草的羊和一条努力游泳的鱼，一只引吭高歌的鸡，或一只老得有了辈分的农家火腿，然后在半农半商的厨师手上变幻出老中带新的吃法，它要把肉里的岁月和青春炖出来，它不形成产业，只形成味道。

2021/02/11 改

菜谱与菜

菜谱不能直接形成菜，就像图纸不能直接形成建筑。离开了具体的人，菜谱就是文字的尸体。从来不存在用菜谱培养出来的厨师。

菜谱是对菜的整理和规划，是菜的档案，记录，是术，不是道。菜谱是纲，是剔除了创造过程和烟火的文字，菜谱中看不到人，看不到气息。

菜谱是工具书，它只是工具，而不是功夫，功夫在工具之外。

菜谱是菜市场在书本上的陈列，是各种调味料、食材在文字上的量化、标准化。

中国式的母亲，就是菜谱。对她们来说，厨房是她们一生的宿命和阵地，她们没有看得见的菜谱，菜谱在她们的心里，在她们的日常经验里，在她们的眼、耳、鼻、舌、身、意里，眼观、耳听、鼻嗅、舌尝、身体、意造，五官直接接触食物，形成形而下，"意"

菜谱

再进行思索、构建、创造，形成形而上，菜就出来了。中国的菜谱是外婆、奶奶、妈妈，甚至姐姐、妹妹。中国有个有趣的现象，在餐馆掌勺的大厨，多为男性，而在家里掌厨的，多为女性。业内人士常爱说，男性比女性更适合做厨师，理由是男性更理性、精准。事实上，餐馆只承担单纯的社交任务，但家里的厨房则要承担家庭建设、种族繁衍、关系调和、成员教化等多重功能。《魏书·崔浩传》所收北魏崔浩写的《食经叙》说："诸母诸姑所修妇功，无不蕴习饮食。"崔浩所说的"妇功"，在南北朝后期颜之推所作的《颜氏家训》中也有说明："妇主中馈，惟事酒食亦耳。"中馈，指家中供膳诸事，酒食，妻室，都与妇女有关。看得出来，当时北方世家大族的饮食事宜，都由妇女掌管，南方也不例外。而衣食住行诸事，饮食首当其冲，最为重要，由妇女来主修饮食之功，实为重中之重。所以，有个偏差要纠正，妇女之功不只是做做饭那么简单，无妇食不立，无食家不立，无家国不立，做饭事大，大至天下。即使崔浩著《食经》，也是皆由母亲卢氏口述，崔浩只是记录整理，无母无《食经》，"妇功"彰显。崔浩的母亲接过了天与地交到她手上的食物，接过了家族交给她的任务，做成了菜，再通过儿子的文字，让菜成为菜谱，永续流传。崔浩的母亲就是中国式母亲的化身，厨房中的外婆、奶奶、妈妈除了要组织好一张桌子，还要团结好一座房子；除了要做好一桌饭，还要团结好一家人；除了要侍奉家人，还要培养家风家学，并致流传。

　　小时候，由于体弱，加之读书成绩尚好，因此经常找理由在家，不下地。奶奶是小脚，也下不了地，家里就理所当然地只剩下我和奶奶这一老一弱了。那时候物资相对匮乏，家里没有冰箱，农村家庭也从不买菜，地里长出什么家里才有什么。没上过一天学的奶奶，不知道是用怎样的逻辑，只要很自然地到各个摆放食材的角落走一圈，就能拼出一桌子菜，不精致，但各有各的味。我到现在也没想明白，奶奶的菜谱是怎么形成的。我印象最深刻的是奶奶做的馒头，方言叫"麦粑粑"。头天晚上，奶奶从面缸里拿出一小块叫"面基子"的东西（陆良方言中好多名词后面都有带"子"字的习惯），学名应该是酵母，是上一次做面点留下来的"面引子"。把面基子和水稀释后，倒入面粉和匀，用盆扣住发酵一整夜，第二天打开，未蒸先熟，麦香扑鼻，金黄夺目。把馒头一个一个做好后，放入柴火熊熊的铁锅内，猛火快蒸半小时左右，整个厨房热气混着香气，香味追着人跑。这个时候，我总是翻出身上藏着的零钱上缴给奶奶，目的是让她在母亲回来之前给我个馒头尝鲜，奶奶轻轻地收了我的钱，但总会在开学之后的某一天翻开她层层叠叠的口袋，悄悄地还给我。奶奶去世后，母亲的馒头又是另外的味道了，或者干脆不做了。

就像女儿，虽然常带她到餐馆吃饭，但她总说外婆做的菜最好吃。外婆的菜谱其实就是经验，就是她对一家人口味的调校、驯化和统一。外婆在子孙、厨房、菜市之间建立起了一条属于这个家庭的特定味觉通道。一个家庭有一个家庭的味道，所以才有了张家的五花肉好，李家的甜白酒好，王家的腊肉好，杨家的烧鱼好……

家家炊烟似，户户饭不同。家中曾经雇了一个大姐做饭，感觉她很用心，经常换着花式，但孩子们都说不喜欢吃，还是喜欢外婆的菜。在孩子眼中，外婆才是那个合口味的人。中国的菜谱就是外婆，外婆只有一个。但也许在这位大姐儿子的心中，他的妈妈做的菜才是世上最美的味道。外婆和这位大姐没有现成的菜谱，菜谱是标准化，是克、千克，少许、适量，菜是潜移默化，是古法，是经验，是传统，民国文士逸峰说，中国菜是"拿很丰富的经验和勇敢的决断来下手配调"，是的，做中国菜除了经验，还要"勇敢"，要与精确对抗，要大气。

儿子满周岁开始吃米饭时，初为人父，性情大起，买了若干菜谱，一一对照，如捧圣旨，做了好多的所谓营养餐，但后来这一些些菜品，并未让儿子形成味觉记忆，连自己也完全没了记忆，一道也记不住，怎么从菜谱上来，又怎么还了回去。到后来女儿出生后，终于没有再干这样的事了。靠书上的菜谱，是怎么样也建立不起亲情的。事实上，这不过是用自己的锅炒了一道别人的菜。

与《食经》一样，《随园食单》也是先有了菜，再形成菜谱，先有食，再有经，没有食的经不存在，没有菜的谱不存在。袁枚自己并不动手做所有的菜，而是"每食于某氏而饱，必使家厨往彼灶觚，执弟子之礼。四十年来，颇集众美"。吃到哪家的好吃，就派家厨去学，四十年来，也就收集了好多人家的美食经验。袁枚真是聪明，懂成本，重效率，别人做，自己记，事半功倍。但说到底，袁枚的食单是个大众食单，是个杂烩，只是文字，不是生活。今天，我们可以通过《随园食单》了解袁枚纸上的菜谱，但我们无法透过食单吃到袁枚吃过的那盘菜，即便用他的菜谱来做他的菜，估计也是离题万里。曾经冒出过一个冲动的想法：按《随园食单》的菜谱，开个餐馆，名字就叫"随园"，后来发现有几个问题：一是好多食材已无法获取，有些野味河鲜已被文明社会列入禁食名录；二是东菜南做，一个占据江河之便，一个盘踞山川之险，终究河归河、山归山，难得要领；三是袁枚与我之间，关于厨艺之道，必是各有体悟，各有家族底色，大有差异。估计那样的"随园"，必是既不讨南京人的好，也不讨曲靖人的好。可见，即使名冠中华之《随园食单》，也无法畅行天下，它只是袁枚的菜谱，而不是所有人的菜谱。

菜谱是说明文，菜是议论文，散文，诗歌，小说。菜谱本身无法带来情绪，情绪都在菜里面。菜谱不是字典，可以一本统天下，菜谱是具体的文字，有形，一个是一个。但是，饮食文化的传续，需要菜谱，因为，母亲、外婆、奶奶总有老去的时候。菜，要通过文字，成为菜谱，回到纸上。菜谱通过文字，使生活重现，这是文字的力量，亦是菜的力量。

我有我的菜谱，"食饮虽微，而吾于忠恕之道"，我的菜谱伴随着我的人生而变幻，我的菜谱都从奶奶的厨房出发。

2021/02/21 改

牛轰轰

　　曲靖坐拥云南第一、四大坝子，土地平旷，气候温和，这使得曲靖虽然地处边隅，却仍能千百年来自给自足。坝子尽头处，山峦拔地而起，把坝子围成了盆地，山峦既是坝子的天然屏障，又是家畜养殖的天堂。不会动的，就栽在地里，是为种植，是为植物；会动的，就养在山上，是为养殖，是为动物。这样的地形，使曲靖人获取生活资料十分便捷轻松，走出门来，上山有吃、下山有吃；山上有吃，水边有吃。即使被外人视为蛮荒之地，但蛮荒也意味着原生态，蛮，土地坚实、彪悍；荒，有无数开拓的可能，就看人怎么样和大地相处了。正是因为蛮和荒，曲靖才得以置身世外，保持着大地原来的烟火。

　　曲靖自古就有原住民居住，原住民多为当地的少数民族族群，历史上，又有多次移民迁入，从战国楚王庄蹻入滇、三国诸葛南征、元代蒙古族政权南征到明代沐英南征几次大的人口迁移，给曲靖带来了民族大融合。民族之间的融合既带来了经济社会的发展，也使饮食习俗融合、交流。移民带来的中原饮食习俗与边地饮食习俗、汉族饮食习俗与民族饮食习俗、北方饮食习俗与南方饮食习俗碰撞融合，并结合当地的地理人文、风俗物产、气候环境和食性偏好，形成新的饮食习惯和流派、菜系和菜帮。菜系和菜帮在一地的形成、扎根和繁衍，是社会经济流变的产物，菜的流动就是人的流动，菜是这个地方人口迁移动向和流量以及该籍贯人员在当地社会深入程度的侧面反映，是当地经济社会发展变迁、兴衰的侧面反映。菜情就是人情，这个人情潜藏在当地的政治经济文化之中，有什么样的人情就有什么样的菜情，有什么样的菜情就有什么样的人情。首先是人动起来，带动菜动了起来，然后，菜再反作用于人，把人再次带动起来。

在长期的民族融合中，曲靖形成了独特的菜系特点。加之曲靖连续几届美食文化节的培养助推，以牛为主材的餐饮取得了较快发展。

19世纪，西班牙和法国的考古学家在穴壁和岩石上发现了古老的野牛野马图像，栩栩如生，身同活物。经考证，它们居然出自万年前的原始人之手。然而，古人画这样的图案可不是像今天这样为了艺术，贡布里希在《艺术的故事》中说，"原始狩猎者认为，只要他们画个猎物——大概再用他们的长矛或石斧痛打一番——真正的野兽也就俯首就擒了"。原始人在画好的野牛图案上施法，祈求上天保佑部落多多捕获猎物，这样的野牛图画，具有神秘的宗教色彩，但目的却是那样简单：有吃的。这也说明，不论中西，牛是人类较早从自然界猎获的食物之一。学界也一致认为，亚洲是野牛原种的栖息地，中国黄牛的祖先原牛的化石材料也在中国南北均有发现，最早的有7万年之久。云南著名诗人雷平阳的诗作《基诺山上的祷辞》也有类似意味：

> 神啊，感谢您今天
>
> 让我们捕获了一只小的麂子
>
> 请您明天让我们捕获一只大的麂子
>
>
> 神啊，感谢您今天
>
> 让我们捕获了一只麂子
>
> 请您明天让我们捕获两只麂子

区别只是，万年前原始部落用的是图形捕猎，基诺族用的是诗歌招魂，原始部落要的是野牛，基诺族要的是麂子，它们都来自大自然，而首先不是来自家驯。我们可以知道，无论中外，不论种族，人类起初的生存，都无一例外的是从自然中索取食物，而这一切的索取活动中，又都无一例外地充满了神性，充满了对自然的敬畏和膜拜之情，一敬天地，二敬鬼神。

牛，就是那个躲在山上、躲在黑暗深处的动物。被人类发现后，人类对野牛"祛魅",牛的神性逐渐被抹去,从黑暗中走了出来,站在人面前,神赐的动物变成了寻常食物。就这样,牛在人类的进化中发挥了重要的作用,一次次的捕获、烹饪,牛成为人的一部分,牛肉成为人类肌肉的一部分。牛最初只是人类从自然界获取的一级食物,随着人类对其"祛魅"之后,人类不仅仅满足于其果腹之用途,他们还神奇地开掘了它的另外一个重要作用——役用,它不仅是人类的盘中餐,还成了人类的生产生活用具,耕田犁地,上山下水,耕云种月,帮助人类从自然界又获取了其他的二级食物。从这个意义,又可以说牛是可以获取食物的食物,是人类的生产助手、朋友。另外,从牛被役用的那天开始,表明人类获取野牛的本领已经成熟,牛被成功驯化,牛肉已经足够丰富,多到吃不完了。而随着现代工业化的发展,牛在今天又回到了最初它作为食物的用途,单纯地为人类提供优质的食材。不同的只是,原来的牛来自神秘的自然,来自神的恩赐,而现在的牛则来自实验室,来自人工,来自无所不能的科技。

如果信仰提供的是道德安全,而牛自身的构造则提供了天然的肉身安全。牛是反刍动物,一共有四个胃,它会天然地把吃进胃里的东西分类整理、甄别,然后再最终吸收消化,变成自己的肉,而这四个胃,就是牛的天然"安全袋"。在人类无所不能的时代,牛的这四个胃目前还未被改造,这为人类的安全饮食提供了第一道保障。就在人们众声非议现在的肉源每况愈下,一代不如一代,让动物代为受过的时候,几乎很少有人去想,动物本身并没有错,错的是人类自己，是人类可怕的欲望，动物只是受害者。错的不是动物的肉体，而是人心。

牛肉在曲靖为大众饮食。以牛肉为食材的饮食，在曲靖被称为"牛菜"，寓意家常、日常，牛只是菜，算不上肉，好低调的高调。传统的牛菜，以炒菜为主。具有代表性的当属西门老街上的保记牛菜馆。保记创始于 1986 年，30 多年来一直坚持着传统的民族风味。保记的牛菜，以家常为特点。所谓家常，就是百姓家的味道，区别于庙堂之上的高高在上、隔人于千里之外，但又不是平常百姓家的平常和漫不经心。家常里面有功夫，这个功夫就是信仰、岁月和坚守。

保记的牛菜以牛肉凉片、清汤牛肉、红烧牛肉为代表。从开张的那一天起，保记就坚持民族传统的烹饪方法，每天早上以大铁锅开煮，5 个小时，土灶，柴火，文火慢炖，牛肉、土鸡在这样的火候里完成各自的升华。牛肉起锅后凉透，切成片，便是凉片。凉片多以胸膘、尾口部位烹制，必须是肉质沙壮、肥瘦相间，瘦的肌理毕现，这里不叫肥，叫壮，壮的白里透黄，黄中间白，透着一股野味。凉片如果净瘦，肉就会偏柴，味道单一，必须依靠一点壮带来的醅香，凉片才是凉片。并且净瘦肉切开成片后容易变形翘起，影响口感。如果太过于壮，则无法下口，也是卖家不重视品质的表现。人多的话还会要一盘凉鸡。凉鸡也是一绝，看上去与粤菜的白斩鸡类似，但做法其实与粤菜的白斩鸡不同。凉鸡没有白斩鸡那样烦琐的程序，要讲究什么"三提三放"，冰块冰水急冷等烹饪技艺。凉鸡一讲食材，食材必须挑肥瘦适中、年轻力壮的公鸡，这样才能保证肉质嫩而不老，火候经济，肉、酯兼香。瘦肉可以吸收脂肪的香味，使肉质不柴，味道更加饱满，也降低了油腻程度，另外一些油脂则在文火慢炖的过程中来到了汤汁中，汤可以纯喝，也可以拿来煮其他蔬菜。二讲火候，鸡炖得太久则容易变耙，切块不易成型，肉散易碎，没有韧劲，经不起咀嚼啃食，味觉平淡无奇；炖得火候不足，肉香不能充分释放，咀嚼啃食困难，饮食体验降低，且易夹杂异味。食材火候兼好的凉鸡切开后一定是瘦肉嫩白细腻，丝丝入扣，纹理清晰，脂肪金黄欲滴，皮质脆嫩鲜香，金黄透亮，骨肉相连处是白里透红，血丝若隐若现，功夫好的在骨头里还有淡红淡红的血色。炖鸡忌一直用猛火，猛火会使汤汁快速挥发，香味和水分难以保留，肉味会因为火的粗暴而轻薄肤浅，且会使汤汁浓稠油腻，不堪吮饮。凉鸡上桌，必不可少的是那碟蘸料，油辣椒、花椒粉、蒜泥、香菜等诸味齐全，让你忍不住什么菜都想往里过一下。

红烧通常是以牛腩来制作，肉都是切成坨成块，有的还会加些筋、腱、喉等部位，以增加肉的丰富性和调节口感。光有牛腩则嫌单调，只有筋腱杂碎则嫌之过腥且不上台面，而把两种肉加在一起既可丰富碗中乾坤，又能化腐朽为神奇，使边角料也有春天。红烧的做法一般是在牛腩中加姜块、草果、八角、桂皮、草豆蔻等各种植物调料，以回族传统的方法文火炖制三个小时以上，大多时候是头天晚上便将肉料制成入锅，以炭火慢慢煨煮至次日凌晨。

曲靖的牛菜就是这样，简单朴素，旷达豪放，粗中有细。菜就是那些菜，差的就是那一把火，秘密也就是那一把火。自把肉放到炉火之上，人走进黑夜里入睡的时候，菜成什么样子就是天意了。人走进黑暗，肉端坐于光明之上。猛火转成文火，肉在光明中开始了千变万化的升华，新火煮成旧火，今天的这一锅和昨天的那一锅肯定会有不同，男人做的这一锅和女人做的那一锅肯定会有不同，到底是哪里不同，也许只有火知道，也许只有肉知道，也许只有天知道。而当主人醒来揭开锅的那一刻，变化忽然停止，秘密全部隐藏，谜底最后只在客人的嘴巴里揭开。入口即化，炉而不烂，香浓馥郁，调料的草本之香完全渗进肉中，肉香和着植物之香，一个微型的自然界在嘴巴里面绽放开来，许多种不相干的生物在这里和谐共处，各种不相干的味道通过水、火融成一种味道，就是红烧。

此外，还有早些年开在六九医院旁的星月牛菜馆，也是曲靖人的一代味觉记忆。星月牛菜馆的炒菜和保记大致差不多，招牌的就是家常的，红烧、清汤、凉鸡、凉片、杂碎、干巴，这既是行业的通行菜品，也是食客的味觉选择。就吃这些了，就这样吃了，可以了，不需要再发挥了，把这些做好就足够了，我们不需要吃得多，我们只需要吃得精。不要让我们觉得是上馆子，要让我们觉得是在家里。可以说，遍布曲靖大街小巷的牛菜馆，随便钻进一家，都没有味道不过关的，要说差别，只在细微处，一般的食客是不容易分辨的。一个有趣的现象是，在众多的好食者中，刻意或不刻意的都要带你到那些名不见经传的苍蝇馆子，以示自己品位的小众与美食经验的独特，以非主流来宣示自己的主流，宣示自己的味觉正宗。

作为独菜的牛肉也一直流行不衰。通常的做法有牛汤锅。就是全牛分解后以大锅文火煨炖，火候也是比较关键，久炖则易炝烂，火候不足则生硬拗口，在口中较劲。熬至将烂未烂、炝而未烂的时候出锅，凉透备用。作为清汤火锅代表的有马波牛肉。一锅清汤上桌，先不急着吃肉，先盛一碗清汤，配以葱花或韭菜末，热热地喝下一碗，鲜香爽口。熟牛肉切片端上来，全数下锅。资深或嘴刁的食客往往还会往里面加点杂碎，杂碎从最初的边角料成了抢手货，从便宜的"添头"成了一锅"正经肉"的"帽子"、佐料——肉做的佐料。在这里它是饮食资格的认证，如果你的锅里没点杂碎，就会被人觉得你不会吃，是外地来客或者新手，杂碎就是你在饮食江湖上的标签。

还有黄焖的牛肉独菜，作为代表的是一家来自师宗的黄焖黄牛肉火锅。师宗在曲靖属山地地形，山上植被丰茂，其地生长的山羊和黄牛是上好的食材。这家的黄焖牛肉其实更像红烧，肉质炝软，汤汁香浓，香味入肉三分，颇有点像陆良牛肉米线的"帽子"。其实这样的菜色更适合作为炒菜馆里的一份单品，更适合下饭、作罩帽。作为火锅，汤汁久煮易变浓稠，不像是火锅，像吃炖菜。块茎类的菜品入锅同煮还好，非常入味，但叶菜则容易吸油，入口稍嫌腻重。然而，事实上这并不重要，酒至半酣时，锅里是什么已经完全不重要了，资深食客在上桌第一箸已经对店家的功力谙之八九了。

近年来，也有不少店家尝试牛菜的创意菜，使之高端化、宴会化，但最终都鲜见成功。其中根本的原因是脱离了"味为根本"这一根本，而在形式上着力过多，偏离了本质，既登不了大雅之堂，又下不到下里巴人，悬吊吊地飘在半空。当然也有成功的例子。曲靖作为独菜之乡，独菜的创新一直是从业者的努力方向。近年来，涮牛肉风行一时，这多少是融合了川渝火锅的涮法和西餐中牛排的肉质特性而做出的尝试，居然受到了市场的认可。作涮牛肉的牛肉，跟传统曲靖人的保存方法不同，屠宰后它首先需要在3—5摄氏度的温度下冷藏在冰箱内12—24小时进行排酸处理。牛在屠宰以后，体细胞会失去血液的氧气供应，从而会产生乳酸，影响到牛肉的风味，因此要进行排酸处理。而传统的牛肉保存，就是不保存，把屠宰之后的全牛挂在一个铁架子上，光明正大地放在大街上，接受万众评判、瞻仰、检验、监督。这样的展陈方式，更是一种宣示，宣示这头牛来自高山，是那种饿了吃野草、渴了饮山泉的主，宣示这头牛刚刚还是鲜活的，宣示宰杀这头牛的主刀者的身份和地位。这种宣示，就是一种荣耀、自信和开放。

酸菜涮牛肉以香辣为主要味型，先将调料炒制后做锅底，再加上本地的酸菜，汤底沸腾后，再倒入大盘的油炝干辣椒，滋滋作响，汤油一体，视听饱满，动感十足，像是一场锅中音乐会的高潮部分。不，应该是一开始就是高潮，这滋滋的响声和砰然升起的香味像是一声发令枪，炝辣椒和汤汁相遇的那一刻，战斗打响了，然后这个高潮领着一箸一箸带来的味蕾快感迎来连续不断的高潮。用筷子拎起一片一片的牛肉下锅，鲜切的牛肉红得鲜艳，不像来自动

牛

以牛肉为食材的饮食，在曲靖被称为"牛菜"，寓意家常、日常，牛只是菜，算不上肉，好低调的高调。

物身上的肉，倒像是肉里开出的一朵花，牵牛花、喇叭花、红玫瑰、月季花，花瓣扯成一片一片叠在盘中，红中带着白，白的是油脂，不能少，少了既不好看，那肉花之红会变得很俗艳，也不好吃，肉类的酯香便是由此而来，白的虽少，但起的是千斤拨四两的作用。但也不能多，多之则嫌肥腻，就好比人人嫌弃的油腻男，肉的档次也降了下来。

在滚烫的汤中涮几秒钟后，肉色变暗，由红至褐，肉片小幅卷起，在盘子中是昙花一现，现在花要收起来了，白色也变得晶莹、筋道，弹性十足，在筷尖起舞。送入口中，嫩、鲜、香、壮、辣、酸诸味齐发，满口散了开来，直感觉舌头不够用。嫩归功于轻轻的涮，鲜归功于调料之力，香归功于牛的杰出，壮起着增香助力的作用，辣并不过分，酸是持续发力的源泉，用这一口引出下一口。更有好事者，还要往锅中再加碗酸菜，纯粹把它当成了小菜。尝一下，并不违和，仿佛早就该来了，酸、辣、香三分天下，然后归于一统。另外一个食把式也不甘示弱，煞有介事地要一份油炸臭豆腐，倒进去，沉入锅底，现于无形。漂起来时，坐在旁边的拣起一吃，大为惊呼，臭美！再来一份！第一个要豆腐的那个，骄傲不已，把腰坐得更直了。与清汤火锅不同，这一锅牛肉涮得浓烈、热烈、猛烈、炽烈、隆烈、豪烈、桀骜不驯，你中有我，我中有你，难分彼此，壮怀激烈。事实上，在这之前，涮牛肉、干锅牛肉在曲靖已经风行一时，领风气之先的是富源回隆系。回隆是富源的一个回汉混居的小村子，这里肉牛养殖尤盛，且肉质优良，闻名远近。2010 年代左右，便有试水者率先进军曲靖，随后带动了族人纷纷打入曲靖地盘，站住脚跟。彼时回隆系主要集中在官坡寺一带，一家挨着一家，主打的都是"富源回隆牛菜"的旗号，一开始都没有取特别的名号，多以门牌号来区分，简单直接，比如"108号牛菜馆"，旁边的就取"107号牛菜馆""109号牛菜馆"，如此等等，形成了这个圈子的默契和规矩，客人就依着门牌号而去，门牌号放大成为商号，最终成为味道的代表，成为客人确认味道的暗号、密码。108号，干锅不错；109号，涮肉很好；107号，炒菜地道，就这样，回隆味道在曲靖弥漫开来。

牛肉烧烤，也是曲靖牛菜不可忽略的部分。较为知名的是西门街老街口的富源回隆清真牛菜馆，又是富源回隆。我的青葱岁月时期的夜晚，很多时候都与这里有关。大多时候，这里要么是醒酒地，要么是续杯站，喝多了，来这里；喝不够，来这里。喝多的，先来一碗牛肉米线，解掉那些酒；喝不够的，先来一碗米线，接着喝。每一桌，每个人，每一夜，先从一碗牛肉米线开始。不喝酒的，一碗米线就是晚饭加宵夜。这一碗米线是序幕，拉开一个夜晚。这一碗米线也是句号，酒足了，来一碗，回家，结束一天。另外一个招牌是现切牛干巴，说是干巴，不算太干，红艳可见，大片大片的，厚厚的，薄薄地打了一层油，红红的透着健康、力量和质感，照例是像肉花，只是这花开得更厚，所以看上去特别富贵，像牡丹，大气堂皇，摆在面前，即使不吃，装点门面也是不错，是实力的象征，一下子有了人因肉贵的感觉。吃起来，当然不辱肉命。烧烤的炭香、牛肉的鲜香，如果烤得不老，就还有嫩，外焦里嫩的那种嫩，一起来到口中，你会感叹食物之神奇，刚刚不还是一堆牡丹吗，高雅着呢，怎么忽然就变成了那么具体的东西呢？这么磅礴的肉，一般人也就一片两片三片就到喉咙口了，四片五片六片的，那就是真爱了，吃了一盘再来一盘的，必是酒量奇大的好汉了，是 N 倍于肉量的酒量，因为在烧烤摊上，肉的背后就是酒，肉因酒而繁盛。还有，饮者必会要一盘炸牛肠，好下酒。牛肠焦香，特别适合佐酒，炸牛肠通常会配一碟醋作为蘸料，去腻，降燥，提香，诱舌。

还有一家来自富源烧烤的牛干巴也值得称道，刚到曲靖时名为"富源独一家烧烤"，牛干巴也是一绝。它的牛干巴一样，也是块大肉厚，精壮大气，红艳稳重。这里的烧烤也是自助式的，客人就座后，一个热烈的栗炭火盆就抬上来，老板会告诉你牛干巴怎么烤怎么吃，事实上，能找到这里的都是熟客，这样的温馨提示可以省略，但老板的提示似乎表明了他对招牌菜的重视，怕客人烤不好、吃不好毁了肉名。配牛干巴的蘸料也别具特色，主料是小米辣加芥末，貌似辣上加辣，但吃起来却又适得其所，辣、香、甘、鲜诸味齐发，炭烤后的牛干巴本已焦香夺人，再移到这个蘸碟中，又完成了一次味道的重新组合，再入口时，舌头好似穿越了重重关山，难以将息。后来，"富源独一家烧烤"也挥师曲靖，两家相距不远，后者要求前者不再使用"独一家"的名号，于是其最终更名为"富源一家烧烤"，单单去了"独"字，自成"一家"。但食客却不管这些名誉之争，依然络绎不绝，夜夜盈门。在他们心目中，好吃就是名誉，好吃就是"独"。新来的"独一家"也有当家的牛干巴，肉质和切法大致差不多，但它的蘸料更为丰富，不是一碟，而是一对，一个也照例是小米辣芥末，另外一个却是形似芝麻酱、味道酸甜的蘸料，询问，说是主料来自德宏，到店后再经过创造而成。

又到近年，糊辣壮牛米线在曲靖大行其道，究其缘由，还是因为牛味足，汤，鲜香至上；肉，恰如其名，壮而厚实；糊辣椒，香辣宜人，缺少不得，凡此等等，完全具备了成就一碗好米线的全部要素，不火才怪。

我自小爱吃牛菜。记得小时候，父亲的一位马姓回族朋友，每到春节便会送来一块由他母亲腌制的牛干巴，年年不落。在那个肉食稀少的年代，那是我吃过最好吃的肉，通过那块干巴，我觉得除了米饭之外，一定有另外一个饮食世界存在。

2021/01/24

2021/03/04 改

羊，羊，羊

挂羊头卖狗肉，是极言羊肉之味美。但是，在许多善吃狗肉的地方如广西玉林地区，狗肉也是极好的美食。不仅如此，这个地方每年还举办声势浩大的狗肉节，闻名遐迩。后来因为民间反对的声浪过大，狗肉节偃旗息鼓，但吃狗肉的习俗却并未因此中断，只是吃得更为低调，只能吃，不能说。玉林人吃狗肉以黄狗为上，白狗次之，黑狗为下。在邻省的贵州安顺关岭，花江狗肉也声名远播。

有个朋友，极爱吃狗肉。每回老家，必令陪吃狗肉。但在老家，吃狗肉有一定的忌讳，因为狗在此地一是招财的象征，二是忠实的朋友、守财神兽，人类再丧失底线，也不至于把自己的财神爷吃掉嘛，故心存敬畏，食者寥寥。美国著名学者贾雷德·戴蒙德也说明，农牧业文明以前，人类处于采猎时代，几经选择，最终把狗培育为人类的捕猎助手，因而狗历来不作为人类肉食的主要来源，而狗的驯化培育又是一个奇怪的自然进程，相当复杂。后来朋友再索陪吃狗肉时，就骗他那狗肉店已经关门歇业了，才作罢。事实上，这家狗肉店又好好地开了好多年。这里卖的狗肉，就是花江狗肉。狗既有此至味，那羊又该味当如何？

禽畜一类入菜，蔡澜的观点是"鸡肉最无味，猪最香，牛好吃，而最完美的，就是羊肉了"，"羊肉膻味十足，那才是天下美味"，"怕羊的人，做不了一个美食家，也失去味觉中最重要的一环"，谁最好吃，倒不应该妄下定论，但羊肉之鲜却是公论。但是，也有好事者表示反对。也有人说："民间俗人，往往有一个误认，认为是'鱼'和'羊'合在一起最鲜，取红肉白肉二鲜合一鲜之意。然而——'鲜'实在只是对一种叫作'鲜'的生鱼片的称谓，'鲜'与'腥'音义均接近，新鲜实为'腥鲜'之谓，都是指海洋之物。总之，'鲜'这个字的本义，并没有'羊'什么事，把大海与草原连接起来的计划，早在成吉思汗时代就破产了，把鱼和羊非得炖到一起吃，也不是不可以，……食客们望文生义，想这必鲜得不要不要的吧，不过是一种精神上的自我刺激而已。"

曲靖盛产黑山羊。黑山羊被称为肉用山羊之王，是著名的瘦肉山羊品种。曲靖食羊的历史悠久，所以要在曲靖的山羊界立足，需要相当的功夫，是需要一点真本事的。看上去满大街、稀松平常的吃食，做起来却很难。难就难在太过平常，难就难在门槛太低。前几年，大犒羊引领曲靖的独菜之冠，确实风靡了一阵子，大凡羊肉店面，每每必冠以某某"大羯羊"之称，仿佛不"羯"就不好意思开门一样。

羯羊是指去势（阉割）的公羊，其肉质鲜美，有轻微的膻味，羊肉中尤以羯羊肉口感最优。羯羊因为去势，心无旁骛，不问红尘，寄情于山水，一心一意跟随友羊觅食，专注于眼前的自然和嘴下每一寸绿草，故而把自己喂成了一块移动的好肉。曲靖的羯羊，各地均有分布养殖，其中尤以会泽、师宗、宣威、富源几地的散养山地羊口感上佳。大山即是料场，山泉即为饮料，散养即是健身，在朝雾中出发，在晚霞中归来，牧羊人走多远，它们就能走多远，这样的身子就是运动健将的身子，肉质不好也难。

曲靖羊肉的做法，多以黄焖和清汤为主。黄焖，在大的宴席上，都是以全羊黄焖，长桌食之，场面壮观；在餐厅饭堂，则多为单锅焖制，食客到店，现砍现焖，以保新鲜。清汤，则不分大宴小席，整羊杂碎，清一色一锅炖之。黄焖主要是以草果、八角、花椒、丁香、桂皮、生姜、老酱等为配料，爆香后将羊肉猛火爆炒至缩骨，然后再以文火慢炖2—3小时，出锅时将调料一一拣出。也有先用老酱爆炒加汤后，再将各味调料包成一个纱布大料包文火慢炖的，以保证出锅后羊肉干净利索、无杂质。出锅后再配以新鲜薄荷和火烧辣椒佐食，其味大香。黄焖本身已有各味配料之浓香，再加火烧辣椒，要的就是辣上加辣，香上至香。火烧辣椒之香与酱香并不同，火烧辣椒在火烤的时候由辣转化为焦香，简单干脆，不像酱香是由多种调料集体发力而形成的复合之香。通俗说，火烧辣椒是个体之香，而老酱则是集体之香。

　　曲靖黄焖羊肉，多以越州老酱下料。越州，位于珠江上游的南盘江畔，越州老酱汲珠江之水和珠江水浇灌的黄豆、辣椒调制，酱味十足，层次丰富，低调而不张扬，既不抢羊肉的风头，又默默地奉献自己在时间沉淀中形成的精华，像中年男子，老辣深邃，这样的精华就连制酱人自己也不能完全说清它到底是一种什么味，学院派列出的化学方程式也无济于事，那些列不出来的才是它的精华和秘密。老酱之外，许多厨师还会配上郫县豆瓣，或者昭通酱，川味的香辣酱、麻辣酱等合炒，如此下猛酱，除了去膻，更多的是追求酱香和羊肉经过水合作用产生的复合之味。郫县豆瓣和曲靖本土的老酱混合，一锅之中，把蜀地的风物和曲靖的风物融合起来，滇蜀际会，炖成西南。就这样在文火慢炖中，水和火和谐交融，火把自己的温度传递给了水，水把自己的语言告诉了羊，老酱在水和羊之间牵线搭桥，全部融于一锅之中完成了自己的升华，化为无形，红消香不断，不争宠，不喧哗，把无语的食材变成了会说话的佳肴。俏也不争春，只把春来"抱"。也有不少厨师会去寻找其他老酱，不断尝试，直至找到他们最为满意的一味。不同的酱料，跟羊肉的每一种组合，就是一种独立的味道，这本质上就是不同的厨师对羊肉的不同理解。更有倔强的厨师，甚至自己动手做老酱，以求做出一种可以牢牢把握在自己手中的味道。一样羊，百样味，羊就是那只羊，酱各有各的酱，肉却成千家肉了，这就是曲靖黑山羊的魅力。

"庆跃糊辣子大羯羊"对羊肉就有不同的理解。它的做法介于清汤和黄焖之间，叫清焖。简单说就是不加老酱的羊肉爆炒后以文火慢炖，这样的做法把辣味降了下来，但又有黄焖的锅镬之香，即为镬气，比清汤多了些锅火之香，比黄焖少了些酱之辣燥，有黄焖之香而无黄焖之辣，有清汤之鲜而无清汤之薄，让黄焖和清汤牵手在分水岭，清黄相接，清汤上前一小步，黄焖退后一小步，和而不同。一大盆羊肉上桌后，上了年纪的阿姨端着一大盆火烤辣椒及时跟到，戴上手套，根据客人受辣程度和羊肉数量，手脚利索地把辣椒揉进锅里，像是在自己家做饭一样，家常，自然。羊肉在这里还要和这把火烤辣椒再次对话和交流，边煮边出味，之前欠的香辣味现在以这种方式补了上来，羊肉的味道又被提升了一个层次，最终还是要回到曲靖味才算了结。与黄焖的老酱深度浸入羊肉不同，现场施辣的方式能在较短的时间内把糊辣椒带来的香辣味浅浅地浸煮到羊肉表层，使每一块羊肉外辣内香，香辣合度，在它还没有完全被煮辣之前早被食客吞进肚中，香而不辣，辣而不燥，外重内薄，辣尽香来。如果说老酱给黄焖带来的是厚重，那么糊辣椒给清焖带来的则是豪迈奔放。在这里除了羊肉之外，还必须点食四肢五官。羊脸、羊蹄、羊尾都是卤好的，一盘上来，直接动手，蘸上辣椒面，大块假我，纵使是温文尔雅之人，也总会不由分说地被羊蹄撬开了嘴，放下架子，顺遂肉意，肉断意连。肉质刚好，糯韧适中，肉紧附于骨上，既不能让你吃得很轻松，骨肉之间又有隙可循，也不会让你吃得费劲难看，让你既有嚼头又有肉头。还有羊眼睛，也是众人爱吃的美味，我却觉得这一类应该叫"偏菜"，剑走偏锋的"偏"，就是古怪的人吃奇异的菜。我是从来不敢吃的，我总觉得一只动物被屠宰之后，它的眼睛和脑髓是一直活着的，我甚至不敢直视，更不要说吃了。羊脑花，动物身上的最高级器官，指挥中枢，许多人有此偏好，常以食此来标榜自己善吃，我却从不敢吃。羊肝，以干椒、香葱爆炒，也是鲜香夺人，不吃不快。不管中午晚上，这里从来都是座无虚席，晚到者常常需要等座一两小时。有人说，庆跃的生意是靠一把糊辣椒撑起来的，事实上，糊辣椒背后是把羊肉和吃羊肉的仪式做出了乡曲里味，乌泱乌泱的，让人有了家的感觉。而我们的家，现在却是精致，整齐，洁净，一尘不染，轻声细语，彬彬有礼，面目全非了。

还有一家叫山坡羊的，名字取得不错。山坡羊，原是曲牌名，带有浓郁的乡土气息，但事实上山坡羊跟羊没什么关系。在故乡世界日渐式微的现代社会，许多人丢弃了它的传统意义，丢弃了它的北方意义，把它理解为字面意思——在山坡上放养的羊，意示原生态，环保，肉质好。山坡羊善做黄焖羊肉，羊肉都是新肉现焖，客人现来现焖，绝不会像大城市那样过分追求效率效益，焖好一大锅流水线一样逐桌发放。不仅山坡羊，曲靖的黄焖羊肉大多如此，得等，用笨办法，一锅一锅地焖，一个一个地等，即使用高压锅，也要焖40多分钟，焖快了，人不答应，肉也不答应。同样是用老酱，在高压密闭的空间内，肉香与酱香各自固守本分，谁也没有压倒谁的味道，或者说谁都把对方最好的味道激发，成就最好的彼此，不硬不烂，浓香袭人，皮弹肉糯，常常吃得肉尽汤绝，锅底毕现。在曲靖吃羊肉，还有一种特别的吃法就是羊肉下米线。我们每次都问餐厅要米线，但老板很任性，从来不备，尽管离菜市场只有几步之遥。后来我们每次吃饭都自带米线，一带就是两三公斤，毕竟米线在曲靖是很便宜的东西。羊肉吃到最后，锅内总是肉重汤浓，食客也是酒浓腹薄，米线用开水一烫抬了上来，人手一碗，饮酒者借此解酒，拒酒者以此充饭，饭局结束前来此一碗，今晚便算收官。连汤带肉舀上一大勺，米线在汤中饱满起来，一碗雪白，满身浓妆，红颊皓齿，羊肉的浓香和着米线的清香，尾声亦是至味。

花椒羊来自宣威花椒一地，以花椒名之，更多是宣示花椒一地的烹羊方式。有家花椒羊肉馆，除了以花椒命名外，还真的以花椒叶入馔。不论清汤黄焖，一锅羊肉上桌，都是一大盘花椒尖先倒了进去，既能去腥除膻，又能把羊肉的肉味更多地带了出来，小煮片刻的花椒尖不仅是得力的佐料，也是极佳的火锅菜，一箸入口，鲜麻香嫩，不似直接添加花椒面那种蛮横霸道的麻，这是一种看得见、摸得着、吃得爽的麻，几箸下去，鼻尖微微冒汗，这时你会想起你原本是来吃羊肉的，怎么就被花椒弯道超了车呢，赶紧，来几坨羊肉压压嘴里那点麻。这样的吃法，很花椒。

陆良的召夸是半山区，这里也盛产优质的黑山羊，毛俊肉鲜。在召夸集镇上有一家以家为店专卖手抓羊肉的餐馆，吸引了远近的食客，远的甚至从昆明专程而来。它的做法是先把全羊下大块清汤炖至七八成熟，捞出沥干水分，冷藏，让肉收紧，保证口感。食客到店后，将羊肉、羊排、羊蹄、羊尾等按比例搭配后，置于蒸片上，以铁锅置猛火上猛蒸约半小时，即以双手尽情抄起，大口啃食，当地朋友称作"扛起"。蘸料多以麻辣的辣椒面为主，吃得嘘嘘哑哑嘴，却又欲罢不能。蒸锅下层，则盛大半锅原汤，既可用来当作生产蒸汽的水质使用，又能把汤里富含的微量元素传递到"楼上"的羊肉中，同时羊肉受热后排出的肉汁又尽数滴落汤中，更添鲜香，而不宜蒸食的羊肝、羊肠等羊杂则放入这锅汤底，再间以各种蔬菜混煮，用作解腻的尾菜。就这样，原汤化原食，肉、汤都得到了最纯粹的应用。有一次昆明的朋友去就餐，海吃一顿后还嫌不够，又买了一大包带走，足足有小半只的量。后来，主人把餐厅搬到了县城，经营了一段时间，有一次到县城我提出再去扛一次羊腿时，朋友告诉我已经歇业了，甚是遗憾。

会泽有曲靖最大的高山草原——大海草山，属乌蒙山系，这里也是曲靖最接近天空的地方。这里草茂水仙，春天绿草如茵，夏天万花盛放，秋天天高气爽，冬天白雪茫茫，是曲靖冬天下雪最早最快最大、融雪最久最慢的地方。冬季，牧羊人披着厚厚的毛毡驱赶着羊群在雪地里觅食，使冬天的草山因为羊群的活动依然活着，羊群在雪地下面寻找生命，这一景象被当地优秀的摄影师拍摄成影像，获奖无数，并成为经典。春天来临的时候，冬雪融化，变成了清澈的溪水，就这样，溪水让冬春在草山完美交替，和第二年接上了头。会泽的黑山羊常年放养在此，白天在草山之巅觅食，在蓝天白云下游动，晚上回到专用的石板房，补充些盐巴后，伴着

羊

　　一样羊，百样味，羊就是那只羊，酱各有各的酱，肉却成千家肉了，这就是曲靖黑山羊的魅力。

星光入眠。曲靖的大部分地区四季气候大致相似，但大海草山的冬季则完全不一样，像是曲靖的另一极。也许就是这样的冬天，才造就了会泽黑山羊非凡的意志，不一样的意志成就了不一样的肉质，坚韧劲道，板扎紧实。大海草山后来变成了景区，并建起了滑雪场，四季天天见雪，原来羊的天堂变成了人的海洋。

许多年前到会泽，当地的朋友以"羊八碗"招待，记忆深刻。据说羊八碗创办于民国初年，以王天顺家的较为知名。羊八碗也以黑山羊为原料，采用蒸、煮、炒、炸、焖、溜、滑等烹饪方法制作而成，计有峰浪望月、羊干巴、葱芫杂碎、四季水煮、红烧羊肉、黄焖羊肉、香葱肉末、糊辣炒肝共八道菜色，干的潮的辣的淡的鲜的腌的一应俱全，一羊烹八碗，八碗汇一桌，这是会泽版的羊全席的样子。

不只羊八碗，会泽的黄焖羊肉也是一绝，仿佛在最高海拔的羊肉亦是最香，是一种没有背叛故乡的香。几年前与诗人艾泥一起去会泽出差，诗人的粉丝闻讯赶来，热情宴请，对诗人频频举杯，先醉为敬，更不停吩咐店家加肉，一锅满到筷子都放不进去，这是我首次所见以肉量来表达仰慕之情的情形。我等不善诗之人落得趁机大啖，等肉局结束走出门时，已是酒醉伴着肉醉，感觉灵魂都倾斜了，完全站不住脚。后来，据常年拍摄金沙江的朋友说会泽最好吃的羊肉不只在县城，还有火红乡。

火红位于会泽东北部，年平均气温仅有 11.3 摄氏度，是曲靖北面的北面，这里同样高山险峻，牛栏江在峡谷最深处穿流而过，流进长江。辛丑年暮秋时节霜降过后，我们专程驱车三百里赶到火红。路边的松林里，黑山羊随处可见，自由地觅食，像在自己家里。火红集镇不大，从进入集镇开始，地势逐渐抬高，像是从山下开到山上的街市，这里的职业商贩不多，许多摊主就是地道的农人。吃不掉的农家自留腌肉，表面长着绿色的绒毛，肥肉变得金黄瘦肉已经泛红，香味呼之欲出，卖肉的汉子秤具都不用，论块论坨卖。妇女守着刚从地里刨出来的生姜、红薯、土豆，泥土都还没来得及去尽，虽然卖相不好，但长得老实。抽旱烟的老汉守着自己抽的那种旱烟，牙齿发黄，说话间，嘴巴像个烟囱，烟味都排了出来。卖凉粉的几家摊位紧挨着，卖的都是这片土地上出产的豌豆做的凉粉，没什么花哨的佐料，就那几样，家家一样，好像根本不懂竞争，在哪家吃都一样。几位戴着标志性帽子的农妇坐在摊子上，要一碗荞饭，就一碗豆花，拌点辣椒，就算是午饭了，男人们比她们多要了一杯苞谷酒。卖米糕的摊主懒得自己吆喝，反复播放着小喇叭，像在念经。卖鸡苗的小贩用块布把笼子遮起一半，以防太阳晒到娇嫩的小鸡仔。两个农具摊上摆满了手工打制的铸铁农具，它们还是一样的古老，摊主仿佛要把这些东西卖进新石器时代，如同大地从来没有进步过。卖燕麦炒面的，支起机器现磨现卖，有顾客走进就抓起一把送到你鼻子上，让你闻到无话可说。整条集市上卖的东西不如城市超市的几十分之一，但都与这片土地有关。

羊肉馆就坐落在街边一角，像是摆在房子里的摊位，招牌已模糊不清，仔细辨别才看得出来有"会泽绍平餐饮服务有限公司"

的字样，这是我所见过最"无限"的招牌，一般的陌生人只从招牌根本猜不到这里卖的是什么。火红的清汤羊肉与曲靖其他地方的不同，别处的清汤是全羊以大锅炖好后直接冷切入锅再煮，而火红的清汤羊肉即使只要一斤，也需要现焖。四五十分钟后抬上桌来，锅里什么多余的佐料都没有，甚至盐都没有，就是光光的羊肉和汤，感觉要是不用水也可以炖的话，简直汤都不会有。肉是乌蒙山上走下来的羊，汤是牛栏江里爬上来的水，火红的羊肉就是这样的山水，一切都来自自然、天地。汤是鲜得无法形容，你用了这个形容词，其实它还含着那个词，总是不得其一。不管了，先喝汤。一碗下去，感觉是你喝了这碗，其实是为了下一碗、再下一碗，不知不觉就成瘾了。正要再来一碗时，忽然发现肉已搁了浅，浮了出来，在锅中成了一座肉的小岛，那就减半，只能再来半碗了，七碗半，已是半饱。这才想起来吃肉，火红的羊肉没有任何其他味道，它是一种很确定的"这种羊肉"的味道，而其他羊肉则是"某种羊肉"的味道。因为没有放盐，羊肉也很淡，香得很干净、单纯。这或许就是火红羊肉的理解，它的味道就是反味道，至味至简，少即是多。烹饪的技艺看似简洁直白，实则大胆放肆，仗着有北纬26度、海拔2500多米高的羊，长江之一瓢的水，仗着这是火红，完全不讲规矩。佐料其实还是有的，有薄荷、香菜、糊辣椒、蒜末等等，在一个小碟子里，受不了肉的鲜，就蘸一下。这一蘸，才发现，那些看得见的佐料都是假象，藏在里面的花椒才是这碟佐料的灵魂，这是我吃过的最香的花椒，香得已经不是花椒了，而是另外一种新物种，感觉整座山都来到了碗中，是一座山的味道。但是刚刚在集市上，它还被堆在一只肮脏的编织袋上。

吃罢出门的时候，店家正准备宰杀另一只羊。一名店员抱着一只黑山羊站在秤上，像是自己的宠物，然后再把羊放下，自己站到秤上，最后用总重量减掉自己的体重就是羊的重量。这一刻，羊和人用的是同样的计量单位，可以互相加减，好比是同类。但算出重量后，一把刀子进去了，原来，刚刚的拥抱并不是为了在一起。同行的一位友人闭上了眼睛。

有香港来的见过世面的记者在这里吃羊肉，羊肉未先尝，也先喝干了一锅羊汤，并因此让这个偏远深山登上了香港媒体。这一次，饮食成了这个贫困山区对外交流的锐利武器、无声的语言，它是匕首，是投枪，在最短的时间内打破了大山的壁垒。后来有人在县城开起了火红羊肉馆，为了保证火红味道，据说专门奔波百公里山路从火红拉水进城烹煮，但终究找不到那个味道。一地一味，大概原本就是大地的旨意。

清汤，富源小街子的是另一种代表。小街子，在曲靖方言里叫"小该子"，是一个位于云贵交界的小村子，盛产山羊。如果说火红的羊是在云端长大的羊，那么小街子的羊则是在水边长起来的羊。小街子位于珠江支流的北盘江畔，羊就在北盘江畔的山上行走觅食。据说小街子全羊汤锅起源于早年的乡集。乡集为乡民自发形成的定期临时露天集市，以路为市，当时没有固定店面，就在集市中心支一口大锅，把羊屠宰洗净后，将整只羊和各种下水肚杂置于冷水的大锅里，以柴火炖煮三五小时，等赶集的山民们采办货物结束后，文火慢炖的羊肉和赶集放松的心情、锅中的火候和脚下的时间都刚刚好，赶过来，吃上一碗，才算赶集，方可回家。后来，露天摊发展成为路边店，但这锅里的味道没变，依然吸引着南来北往的客。就这样，小街子的清汤全羊汤锅就在云贵两省交界处落地生根，弥漫开来。小街子的羊汤锅，汤鲜味美，肉嫩香馥。汤是乳白浓郁，通透明亮，一层薄薄的油脂漂浮其上，锁住了底下汤底的味道和温度。羊肉和着杂碎混煮的过程中，杂碎的腥臊之气已经被一把老火炖退，没了脾气，臊不起来，剩下的就是老老实实的肉味，全数乖乖归顺到羊肉之中，重新有了新的味道。有杂碎和没有杂碎，羊肉和汤汁完全不一样，这也是全羊汤锅的秘密之一。

汤锅上桌，同样免不了要满满地舀上一碗汤，放上一勺韭菜末，香气扑鼻，胃口大开，喝下一碗，再来一碗，没法停顿，直到锅中的羊肉、杂碎见底，方才打住，快办正事，吃肉。羊肉都是现切成片，足够壮、足够野，皮子劲道，肉质炻软，油脂鲜香，油而不腻，不油不快。蘸料是小街子羊肉的一大特点。小街子羊肉的蘸料和别处不同，它是以一个三脚铁架架于汤锅正中，蘸料碗置于铁架之上，巍然挺立，高高在上，像是一锅之主，味道全由这一碗说了算。这个铁架，据说是当时的露天摊桌面极小而食客众多，为了节省桌面而将其置于锅中，成为餐桌上的同心圆，既提高了餐桌的利用率，又使桌子上每个方位的食客都能等距离蘸食，这是小架子里的大智慧。后来，这个蘸料架变成了小街子羊汤锅的标配和标签，走南闯北。蘸料里，常见的芫荽、薄荷、姜、蒜自不必说，最要称道的就是它的糊辣椒，辣椒取云贵两地多处的辣椒组合，由炭火烤至焦香，以手揉碎，满满地覆盖其上，处于蘸料的顶端，再以热汤浇之，蘸料诸味齐发，香辣加身，不可名状，筷尖的羊肉犹如杆上的秤砣，顿觉蘸料的四两拨千斤之妙，非此不可。

我们所到的餐馆，名叫"云贵山庄"，就在云贵交界的牌坊底下，店招上写着"30年老店"，掐指一算，已是两个时代，想必今天的小街子与当年相比已物是人非了，而唯一不变、坚若磐石的，怕也只剩这一锅汤、一片肉了。店内，当地村民你来我往，像回家吃饭一样寻常散淡，这只是他们一日三餐其中之一，远不像我们那样郑重其事，把它当作人生食事的其中之一，顿时羡慕这些山民如此幸运奢侈。店外，大型车辆来来往往，车厢内货物堆积如山，负重前行。沿老国道往前走，但见羊肉馆并不多，零星只有三四家，与小街子羊肉源头的冷清相比，反倒是远处的曲靖城内，小街子羊肉遍地开花，大街小巷，随处可见。而小街子羊汤锅，兴许就是在这样的来往之中追随着人流、循着一条条交通线走向远方吧。邻近不远处，古老的入滇关卡——胜境关屹立山丘，遥望贵州，想当年，这里也应是一派热闹，而如今，繁华散尽，荒草丛生，唯雄关孤守。

我没到过内蒙古。不久前，罗平一位朋友热情邀请，说是他的一位总裁朋友专门从内蒙古空运了两只烤全羊给他，一直找机会邀请我们一起品尝。为了这一只羊，朋友又在他的酒店配了一大桌副菜，罗平的田野基本上都到了餐桌上，完全是一副迎娶远方新娘的样子。羊在上飞机之前，已经烤至八九成熟，封存冰冻完好，只需稍微加热复烤即可。从冰箱取出复烤后上桌，用刀解成手掌大小，双手抄食。这只坐飞机的羊是用绵羊烤就，表皮金黄油亮、脆硬焦香，酥脆爽口，吃去这层羊皮，下面便是一层厚厚的羊脂，我平常吃动物脂肪较少，便用刀刮去这厚厚的一层羊脂，直接吃下面的羊肉，羊肉还算绵软鲜嫩，清香扑鼻，是一种迥异于曲靖黑山羊的味道，较膻，吃完两块，一抹嘴，便直扑桌上的罗平田野，算是从内蒙古回到了家。

其实，并非羊肉味道不美，只是人类的口味是人身上最固执的情绪，在一架飞机就可以把故乡丢下的时代，故乡成了变量，而只有我们的口味，还在保持着对故乡的最后依恋和追认。一旦触碰到你的味觉记忆，故乡瞬间复活。对这位朋友来说，来自远方的真心，便是最好的味道。而对我们来说，在谁也等不了谁的时代，还能有这样的一份记挂，也是难得。至于吃什么，就已经在其次了。

2021/02/10 改

2021/11/09 再改

鸡鸡复鸡鸡

　　袁枚在《随园食单》里说："鸡功最臣，诸菜赖之。如善人积阴德而人不知。故令领羽族之首，而以他禽附之。"大意是说，诸禽之中，鸡的功劳最大，众多菜肴都要靠鸡才能成为美味，如同行善之人悄悄做了很多善事而别人并不知道。所以把鸡列在羽族的首要位置，而其他的禽类排在鸡之后。因此，袁枚在《羽族单》中列有 47 种禽类的菜品，而其中鸡就占了 31 种之多，可见袁氏对鸡的重视程度。

　　鸡在中国除了作为食材之外，还有特殊的意义。在陆良的农村地区，生儿育女喜添人丁的时候，自家要杀鸡庆贺，同时还要捉一只母鸡搭上红糖、大米、白酒等物送到媒人家中，谓之"谢媒"。这不仅是一种社交礼仪，更是一种知恩图报的传统礼教和生养的暗寓。

农村在建盖土木结构房屋的时候，起梁时，阴阳先生都要选一只精神抖擞的公鸡，进行一番法事"交代"后，再把公鸡请上房顶的大梁，让其伫立梁上，视其在梁上待的时长和站立稳定程度来兆示房屋的质量和家族福运。

鸡在曲靖的殡葬礼仪中，更是承担着重任。土葬时代，有的地方设有站在棺木前头的站棺鸡，有的地方棺木下葬之前阴阳先生还要让鸡立于墓穴之中诵念咒语，通过鸡的反应来判定风水，预测家运吉凶。

鸡头，在曲靖的饮食习惯中有着特殊的意义。逢年过节，鸡头永远要留给长辈或是德高望重的人吃，以示尊敬和奉为领头人之意。即使是平常时间，在餐桌上鸡头也要让给客人，不能擅食，否则就是不懂规矩。小时候，依稀记得一位算命先生做完一个仪式后，边吃鸡头边向父亲解说鸡头里的秘密。于是，直到今天，我也没有正式地吃过一个鸡头。

古习袭今，鸡被赋予了一种神秘的力量，鸡的形象被神化，成为鬼神世界与人类沟通的使者。鸡有司晨作用，又有礼仪功能，是鸡受到古人重视的重要原因。鸡虽然不等于太阳，但它在传统中国一直被作为太阳的使者或传令者，被看作是神的使者或助手。古代的社会生活中，鸡还是生殖崇拜的符号之一，所以许多祭祀场合的贡品或祭祀对象都是鸡，中国人骂不会生育的女性，最恶毒之语就是"不会下蛋的鸡"。

褪去神的光环，由于鸡是人类最早和最易驯化的物种之一，鸡能快速地为人们提供重要的肉、蛋食源，并且经济实惠，是最适合做佳肴的重要肉源。

曲靖罗平地处云南、贵州、广西三省区交界处，素有"鸡鸣三省"之称。鸡鸣三省，除了官方定义，个人认为还应该有个意思就是，一只鸡叫了，三个省谁也说不清这只鸡到底是哪个省的鸡，声源待考。辣子鸡也是这样的。贵州认为源起贵州，云南坚持源起云南，各有理由，均言之凿凿，但不容争议的是，两地的确都有辣子鸡，且各有风格。曲靖是云南的东大门，与贵州六盘水紧密相依，饮食互相流传渗透也符合传播规律。饮食从来就是民间智慧的产物，也是人类吃得到的共同语言。可能是源于曲靖传至贵州，也可能是源于贵州传至曲靖，也可能是各自单独源起又互相融合，但这都不影响辣子鸡在云贵两地大行其道。

辣子鸡的关键在辣子。但曲靖辣子鸡的辣与川渝地区的麻辣和湖南地区的燥辣都不同，曲靖辣子鸡的辣是香中带辣。炒辣子鸡首先要做糍粑辣子。曲靖辣子鸡的糍粑辣子一般选用曲靖会泽乐业、文山丘北等云南本地的辣椒制作。先把辣椒用水洗净浸泡，让辣椒自然吸收一定水分，保证舂兑时辣味充分释放并和其他调料充分融合。再加入适量的仔姜、蒜瓣一起置于舂碓中舂溶。锅里放油烧热后，再倒入舂好的辣椒诸料，加盐、白胡椒粉等小火慢炒，炒至辣椒颜色变深出香味时出锅，冷却后装入容器备用。炒制好的辣椒软糯焦香，辣而不燥，形似糍粑，故称糍粑辣子。糍粑辣子的质量和风味，直接决定着辣子鸡的风味和品质，所以很多辣子鸡餐厅的糍粑辣子都是老板亲自上手，私房秘制，不让外人染指。可以说，糍粑辣子就是辣子鸡餐厅的灵魂和效益。

炒辣子鸡一般宜选用生长周期5—6个月的土杂仔阉鸡，这样的仔鸡易炒易熟、好嚼、有肉头。将鸡杀好砍成小块后，要加入食盐、料酒腌制20分钟左右再进行生炒，方能入味。用油一般以猪油、植物油混合为宜，混合油既能增加肉香，又不至于太油腻。待油温烧至六七成热时再依次下姜蒜末、糍粑辣子爆香后放入鸡块，小火慢炒调味后即可出锅。

曲靖的辣子鸡以沾益最为知名。沾益辣子鸡色泽棕红油亮，质地酥软，辣浓味重，咸鲜醇香，略带回甜。沾益辣子鸡以辣味为主调，辣香兼具，香脆爽口，鲜香柔嫩，香中带辣，辣在香上，香在辣后。口味清淡者食之常有向死而生、劫后余生的波折感，嗜辣者则大呼过瘾，单吃肉还不够，仿佛要用筷子找出藏在鸡肉最里面的那个辣来，才算心甘。但辣子鸡的辣之妙，就在于把具体的一个个辣椒、一块块姜蒜，通过一上一下的舂和，变成了一种看不见的味道，藏在了肉的后面。以至于你看到的只是辣子，吃到的才是看不见的辣。朴素的美食之道是吃，欣赏的美食之道是看。为了适合大众口味，辣子鸡的吃法后来演变成了一鸡两吃，除了辣子鸡之外，几乎所有辣子鸡餐厅都有黄焖鸡。黄焖鸡与辣子鸡不同，不用糍粑辣椒，而选用干辣椒段代替，其他调料大致相同，把辣味大大降了下来。

沾益辣子鸡又以龚氏兄妹最为知名。以龚氏为旗号，龚氏兄妹在沾益分别开立了"龚氏""龚记""龚家"三家店面,三足鼎立,撑起了沾益辣子鸡的天下。后来,"龚氏"进军曲靖,成了商务、政务、旅游接待的主阵地,一时领风气之先。在此之前,位于六九医院旁的吾健辣子鸡在曲靖也是风行一时,红火多年,一时间成为曲靖的"城市客厅"。后来据说创始人吴建上了年纪,生意已交由子女打理,店面也换了新址。除了沾益辣子鸡,曲靖不少餐厅也研创小众辣子鸡,其代表有神照、阳光等,风味异于龚氏,吸引了不少本地食客纷纷前往。但总体来说,辣子鸡的灵魂糍粑辣子却不敢做太大的革新,不外是在辣椒品种、辣味程度、春兑配料等方面略做微调,以增加辣子鸡的受众面和适口性。反倒是在黄焖辣子鸡的烹饪上做了一些探索和尝试,有的加入贡菜同炒,贡菜清香脆韧,既让鸡肉增加了贡菜的清香,又降低了油腻程度,可堪一赞。后人说当年徐霞客到沾益探寻珠江之源时投宿的龚起潜家,便是龚氏辣子鸡的先人,甚至有说龚氏当时便是以辣子鸡待徐氏,因徐氏《滇游日记一》散佚而无从考证,似有附会之嫌。但辣子鸡在曲靖的源起之地为沾益似乎无须怀疑。

受沾益辣子鸡影响,近年来,在曲靖以"正宗沾益辣子鸡"作招牌的店家,不下一二十家,味道也不差。

比起曲靖辣子鸡之辣,贵州辣子鸡则以香为主调。2020年9月,一行从贵州毕节织金县营上古村返回六盘水水城县,无意中在酒店旁找到一家农民画餐厅,先是怀着对农民画的好奇而去的。农民画也的确没让人失望,最开始就是一个地道的农民创作的,后来他把农民画和地方菜有机结合，开成艺术餐厅。再后来，学美术的儿子扛起大梁，同时吸收了一些同是美术专业毕业的年轻人加入，并以农民画为核心，开发了系列具有地方民族特色的文创产品，为餐厅加分不少。服务员先不厌其烦地推荐招牌菜辣子鸡，我们居傲鲜腆：我们来自辣子鸡的发源地，总不至于跑那么远来吃旁门辣子鸡吧。服务员好说歹说我们才勉强接受，不就一盘菜吗。不料，辣子鸡上桌后，全桌人大呼过瘾，没几分钟，一盘辣子鸡一扫而空，片甲不留，盘碟如新，都一致庆幸：差点错过了一个省。贵州辣子鸡与曲靖辣子鸡有所不同，贵州辣子鸡的辣子以干、香为主味，没有糍粑辣椒之湿、糯，应是辣椒过水时间不长或者直接干舂，同时辣椒选择上也不似曲靖以辣为主味，从口味判断应是关岭断桥的辣椒品种。在贵州，断桥辣椒以香味出众，遵义辣椒以辣味出众，花溪辣椒以口感出众，大方辣椒以色泽出众。贵州辣子鸡香辣兼具，香中有辣，辣中带香，香不抢辣，辣不抢香，辣味简单干脆，不留尾巴，前味即是后味，香味浓郁，肉鲜辣香，入口之中，谁也不比谁先到，肉香与辣香并驾齐驱，和睦一气。即使不吃鸡肉，单是辣子也可轻松下饭。这可能是滇、黔两地辣子鸡的最大区别。

　　曲靖作为独菜之乡，鸡是其中最重要、最普遍的食材之一，因此吃法众多。在沾益，还有把辣子鸡做成圆子鸡的。圆子鸡以志晖园的较为知名。志晖园的圆子鸡是以清汤鸡作汤底，以鲜肉豆腐圆子作主菜，再辅以其他配菜的火锅类独菜。圆子以新鲜的白豆腐和鲜肉作主料，志晖园坚持手工打圆，豆腐伴以鲜肉，白里透红，荤素一体，白白嫩嫩，浑圆敦实，十分养眼。圆子倒入鸡汤，通过熬煮，汤汁把鸡香送进了圆子，圆子中鲜肉的肉香也被汤汁煮了出来，并且因豆腐的包裹而不易老化，鸡肉和鲜肉之香在圆子中相遇且迸发出来，同时带出豆腐的清甜，汤的味道也因此更加丰富，一汤三味；煮熟的圆子被油汪汪香的鸡汤收掉了大豆的生腥味，两种肉香和着豆腐的清香，成了第三种味道，一圆三味。志晖园的圆子久煮不散，功夫就在手打的手上，手必须是老手才行。有肉不吃豆腐，那是旧时饱受肉类短缺之苦的饿汉的吃法，而在肉中吃豆腐、在豆腐中吃肉则是饱汉的吃法。在志晖园吃圆子鸡，几乎都会不例外地同时点上辣子鸡和黄焖鸡，有点圆子鸡搭台，辣子鸡唱戏的味道。志晖园同样来自沾益，但没有直接走辣子鸡的竞争之路，而是另辟蹊径，再迂回到辣子鸡上。与志晖园的圆子鸡同样出色的，还有经营多年的宏元庄，新起的歪大头圆子鸡，等等。宏元庄同样以圆子鸡打头，但黄焖鸡、辣子鸡同样是招牌，清汤圆子鸡更受称道。歪大头的主人以自己的形象示名，有趣又有自嘲精神，同样以圆子鸡招揽生意，与辣子鸡、黄焖鸡同样构成了三大件，可堪一吃。

马龙深沟鸡产自马龙月望乡深沟村，深沟鸡最先是由从贵州威宁迁居马龙月望深沟的苗民所饲养。由于当时的迁居系苗民的自发迁移活动而非官方所为，所以当时选择的定居点是离当地汉民村寨较远的深山远林。为了保证肉源，他们自己带来了鸡种饲养。在这样深山、箐沟的环境中饲养出来的鸡，体形高大，形似鹰隼，腿脚粗长，最大的特点是胫骨部位长满了毛，像是一副绑腿，有较强的飞翔或啄食能力，要抓到放养的深沟鸡，对人的运动素养也有极高的要求，鸡立鸡群，当地人称之为"苗子鸡"，这带有一定的蔑称，后来官方统一称之为"深沟鸡"，成了当地的一大特产，并获得了农产品地理标志。这与腌制宣威火腿用的乌金猪的饲养成因大致相似："乌金猪的分布区域，几乎与历史上彝族同胞迁移活动范围相一致，乌金猪的形成很可能与彝族人民的移居有密切关系。"(《中国家畜家禽品种志》之《中国猪品种志》)深沟鸡就是这样，以民族的迁移和居住环境而形成一个特殊物种，进而成为一张地方名片、一个官方认证的地理标志产品，这是苗民们始料未及的事情。

正是因为深沟鸡的运动素养，造就了深沟鸡的特殊口感。深沟鸡肉色深红，无须做太复杂的烹饪即可成美味，成菜肉色比普通鸡更深，肉质紧致，雄强壮美，肉质香嫩，久煮不老，入口满口生香，尾韵悠长。曲靖做深沟鸡历史最长的是西苑小区的马龙深沟鸡餐厅，主要以黄焖为主要的烹饪方法，以少量的草果、八角、姜蒜等简单的佐料爆香后炒熟即可。端上桌来，满室生香，入口香味浓郁，是普通鸡香的若干倍，仿佛是其他诸鸡的浓缩，仿佛能吃出山林、虫豸、清风的味道。深沟鸡是那种吃的时候无法言说，吃过之后便无法忘怀的味道。后来也有一些餐厅以深沟鸡为名，但一入口便知是假冒，因为这种绵淡无力的味道是没办法取代那种野性十足、霸气的味道的。深沟鸡的身体里，不仅仅藏着鸡肉，还藏着一个自然界，连接着一个族群的密码，一个苗族族群自己成就的人文世界。鸡走上前台，民族退后。一只鸡，让一个边缘的群体走入了公众视野，也是鸡德齐天的事。

药膳炖鸡，也是曲靖的鸡中一大流派。多年前，古城市场内有一家淮参炖鸡，几乎成了我们的食堂，凡有外客来访，必以淮参炖鸡接待。有一位外地朋友的父亲，随我们吃过一次之后，大为喜欢，每到曲靖出差公干后必反邀我们陪吃一顿。后来老人患癌症后，仍心心念念那一锅药香浓浓的淮参鸡，但彼时由于市场拆迁等原因，餐馆早已不知所踪了。淮参易煮，鸡黄焖焖炒后加汤炖煮，上桌前加入淮参，稍煮片刻即可食用。淮参脆嫩易食，略有药味但不浓烈，鸡肉有股异样的香味，汤也特别鲜甜，冬天更是大受欢迎。

除了淮参鸡之外，曲靖的药膳鸡还有天麻炖鸡、黄精炖鸡、黄芪炖鸡、对节藜炖鸡、药膳乌骨鸡等等。天麻炖鸡，早年用的是昭通小草坝的野生天麻，品质上佳，那时野生天麻还不贵，普通人群也吃得起。天麻炖鸡味道鲜甜，不夺味，鸡、药和谐，对改善头痛症状效果十分明显。黄精炖鸡早年也较为流行。当时有一家红河土鸡园就有售卖，虽然标称红河，但食材多为曲靖本地所供。黄精也十分易煮且耐煮，药味不浓，适应者较广。当年有一位朋友带女友从昆明到曲靖交游，席近尾声女友随众赴罗平游耍，把他一人丢在桌上。一路上，朋友一边吃饭，一边借故打了一路电话，那时不通高速，路程三个多小时，等女友都到了罗平，这位先生仍不愿离席，黄精一份一份地加，吃不够，煮不烂。对节藜炖鸡当时开在605厂附近，一个类似农家乐的餐厅。对节藜产自罗平，是一种类似树根的药材，与其他药膳对比，对节藜嚼食易产渣，不易吸油脂，

鸡

　　深沟鸡的身体里，不仅仅藏着鸡肉，还藏着一个自然界，连接着一个族群的密码，一个苗族族群自己成就的人文世界。

但药味清淡，汤汁鲜美。还有随意餐厅的药膳乌骨鸡也是当年一大独菜。乌骨鸡以乌鸡为主材，配以淮参、大枣、枸杞等多种药膳，汤鲜肉美，也领曲靖饮食风骚多年。此外，还有三七、西归、党参炖鸡等多种吃法，在民间低调流行，已不能一一穷叙了。

与其他药膳鸡相比，附子炖鸡就大为迥异了，可以说是一味"肉药"，推崇者说附子鸡是"冬季吃一顿，来年管四季"。附子味道极苦，但曲靖食者甚众，特别是入冬以后，食者蜂拥。苦而趋之，不是伺鸡而动，而是附子附体，特别是近年来的治未病理念深得信众，太多人崇信附子的防病功效，因而流传甚广，喜食的人仿佛是把它当作疫苗一样吃进身体。感觉他们不是在吃饭，完全是在集中服药。当我看到有人可以连吃三碗的时候，我常怀疑他是否真的该吃药了。我吃过一次，只尝了一口，那种苦味却留到了席散。这个时候，鸡反主为客，只是这味"肉药"的一个配角，附子当道，鸡已不鸡。鸡就是这样，可以这样，也可以那样，具有较强的"普世"价值，这也算"鸡功至伟"了吧。

药膳之外，还有一些鸡的吃法，比如板栗鸡、肥肠鸡。板栗鸡是以板栗与鸡同煮，煮熟后的板栗鸡，板栗软糯甜香，面绵炽嫩，鸡肉香甜可口，汤汁浓稠香甜，可谓一味。肥肠鸡则以肥肠和鸡肉合炒，取肥肠之味浓与鸡肉之清香，浓淡相宜，香辣兼具，自成一格。肥肠鸡一般不放汤汁，以肥肠、鸡肉、魔芋豆腐、菜蔬等干锅合炒，吃其干、香、辣。

曲靖的药膳鸡，本质上遵循着古法，是一种古老的蔬药一体的饮食之道，在一钵钵的沸腾的汤汁中，饱含着古老的医养之道、阴阳平衡的哲学、敬老尊老的孝道文化，一锅汤、一只鸡、一味药，就是一页页活在餐桌上的《本草纲目》《食经》《食论》《千金方》，城市滚滚向前，传统依然停在桌子上。

在曲靖，洋芋是万能的，可入百菜，可荤可素。洋芋焖鸡也是一绝。洋芋焖鸡，是两种山珍的对话，是荤素的碰撞和交会。洋芋一般要选黄心水少的山地洋芋，鸡以童子鸡或三黄鸡为宜，洋芋的比例可比鸡稍多。先将干辣椒、大料、姜、蒜、酱等佐料爆出香味，再将鸡块炒至出油缩骨，再倒上切好的大块洋芋，洋芋一分为二最好，大火翻炒几分钟后即换入高压锅内。这道菜的关键也是火候，火候掌握得好，出锅后的洋芋鸡不但色红油亮，肉嫩鸡鲜，香味浓郁，洋芋面而不烂，通体开花，故称"开花洋芋"。一口上去，普通廉价的洋芋竟成尤物，唱了主角。吃洋芋鸡有一定的程序。高压上桌的洋芋鸡只能以小火保温，否则糊锅后会影响口感，洋芋吃完后可直接吃鸡也可加入清汤，煨煮其他小蔬，这时留在锅里的鸡又唱回了主角。

煤窑鸡据说是发源于富源的煤矿。当时煤矿没有后来那样景气，煤炭滞销，煤老板的日子不好过，于是把前去拉煤的货车司机待为上宾。由于煤矿地处偏远，没有什么拿得出手的菜，但放养的土鸡遍地都是，于是天天杀鸡款待司机。煤矿上也没有太多佐料，但猪油的储量却非常丰富。这是因为矿工较多，基本每家煤矿都要杀几头猪以保证平常的用油和摄肉量，这是矿工体能的基本保证。于是就地取材，用大坨大坨的猪油和地里晒出来的干辣椒下料。煤矿上也养不起专业的厨师，辣椒也就不切成段，整个整个、大把大把地往锅里放。时日一久，没想到这道鸡居然成了一道美味，并四处传开，名之曰"煤窑鸡"。煤窑鸡最大的特点是辣椒的选用以及炒法，辣椒要选用本地香而不辣、辣而不猛的干椒，先以猪油烧出脂香，再把整个整个、大把大把的辣椒放入热油中炒至焦黄略偏煳。这一步很关键，炒焦至略煳的辣椒辣味降低而香味突出，再和放养的土鸡和炒，略微的煳味才能显出山野的气息，这是来到城市餐桌上的味道向山岭和源头的回归和重现。炒至鸡肉缩骨大部分水分收干且弹性最大时，加水武火转文火慢炖，两小时后出锅，长段长段焦黄的辣椒漂满在黄亮间红的汤汁上头，让人对辣椒下面隐藏着的汤水世界充满了好奇。一碗上桌，香辣侵人，杷烂宜口，骨肉一碰即分，辣椒不只是漂在盘中的装扮，似乎还有生命，在发挥作用，直到鸡肉被吃进口中。只此一锅，即可得满室焦香，无须他菜添足。

后来，煤矿生意突然好起来，煤炭供不应求，煤老板也不再有耐心伺候货车司机，煤矿也不再提供煤窑鸡了，煤老板瞬间步入高档场合，吃鹅肝海鲜西餐，喝洋酒红酒，不再吃煤窑鸡了。

近年的除夕，每年我都亲操刀俎，只做一道煤窑鸡。鸡是母亲自己养的，算是近亲，辣椒也是母亲自己种的，算为家传，猪油也是由山猪所炼制，也算一脉，好在鸡、油、辣椒都很争气，并非技艺所致，每年的煤窑鸡都吃得干干净净，老幼皆欢。偶有小剩，也是初一一早早点的浇帽。

有一段时间在勐海，每有外地客人到来，就带去吃勐海烤鸡。勐海烤鸡以三公里最为知名，三公里最开始是指烤鸡店位处勐海县城郊区三公里处，就以"三公里"称之，后来出名后"三公里"就成了一个地理标志了。勐海烤鸡是以当地的仔鸡作原料，当地人称茶花鸡，意为茶地里长大的放养土鸡。鸡体不大，略比手掌大些，整只放在一个盛满了木炭的大铁锅上反复翻烤，客人多的时候铁锅上铺满鸡仔，煞是壮观。由于鸡嫩，一二十分钟即熟，人手一只，双手撕食，清香多汁，鲜嫩回甘，却又烟火气十足。肉是闺房肉，气是烟火气。别有风味的是它的干蘸佐料，单从外表看就是普通的辣椒面，但是就着烤鸡下肚，却辣得你嘘嘘不已，想要作罢，却又为鸡香和辣椒的尾香所勾留，让人欲罢不能。就是这味干蘸，据说里面大有文章，共有不下十几二十味佐料配制而成，单辣椒就有多种，这个秘方一直以来只有主人自己掌握。有一次，一个做餐饮的朋友专程去"探秘"想要袭学，特地装回了小袋干蘸拿给厨师团队研究，一个星期后认为研学成功邀我品尝，鸡由于被刷上一层蜂蜜配制的香油烤制后变得道貌岸然，干蘸除了一味的寡辣外，很难觅到丰富的香，单调而不立体，鸡也没了茶花鸡的素朴和烟火气，后来只得放弃。由于吃的次数太多，每次陪客到三公里我都犯愁：吃还是不吃？为什么不吃呢？反正在别的地方又吃不着。

曲靖餐厅的凉鸡可谓鸡中另类。凉鸡一般选用较壮的三黄鸡作主料，鸡壮方有脂香，偏瘦的鸡太柴而油脂不够，缺少香味。做凉鸡火候是关键，火不能太短，太短会使肉欠熟而浑身腥气，太长则会致使鸡肉变柴老，乏味。火候必须刚刚到达生与熟的临界点，以凉鸡切开后骨肉之间会有淡淡的血丝，骨头中的骨髓红暗相间为标准，这时候的凉鸡清香鲜嫩，油而不腻，肉质紧实，蘸蘸水而食，人可半只。

2020/12/10

2021/03/05 改

鸭先知

　　鸭，最早出现在什么饮馔典籍中不详，指的是低等动物。

　　上大学时，写作课老师说苏轼的"春江水暖鸭先知"，为什么说鸭先知而不说鹅先知，是因为鸭是泛指，鹅也可以先知，可鸭可鹅，任选其一，总不能写成"春江水暖鸭先知鹅也先知"嘛。呵呵，没毛病。后来，有动物行为学家说其实不然，诗句背后蕴含着深刻的科学道理，因为鸭子蹼上的动脉和静脉血管相互交织成一个能够预热血液、保持恒温的网络，加之鸭子的蹼宽而大，上面神经密布，感觉灵敏。所以进入水中的鸭子，对水温回升情况具备"先知"的生物功能。

　　抛开动物行为学家的解释不说，为什么是"鸭先知"，文学教授说，因为这是苏轼离开黄州履新途中为北宋名僧惠崇《春江晚景》的两幅遗作《鸭戏图》《飞雁图》所题，就鸭说鸭，苏轼自然以鸭入诗。又有研究者认为，这是苏轼于元丰八年（1085年）春天在靖江（今江苏江阴）欲南返时对江边情景的抒写，并非看图写话。但随后反对者考证说，苏轼究竟有没有到过靖江并无史料以资，极有可能就是看图写诗。诸说皆难有定论，但可以肯定的是，中国驯鸭食鸭的历史已久矣。如果这群鸭子真是苏轼亲眼所见，那这拨鸭子可能是靖江最心急和最不怕冷的鸭子吧。

陆良地处珠江上游，南盘江穿城而过，河道漫长宽阔，非常适合饲养鸭子。初中时，一位家在南盘江畔的同学经常带板鸭到学校，但由于住校条件简陋，经常不知道怎么烹煮而束手无策。当时一直好奇他怎么经常有本事弄到板鸭，后来才知道，那是他翻墙越壁冒着被抓的危险从生产队的板鸭作坊里偷出来的。从此之后，我们非常重视他带到学校的板鸭，偷偷从教室收拾一些破桌椅，于学生宿舍生火煮熟后迅速分而食之，尽管常常为除不净咸味而烦恼，但那个香味却让人冒咸前行。因为在那个年代，只要是肉，咸也是肉。后来，他还带我们最要好的几个同学到他的作案现场参观。板鸭作坊大门紧锁，从裸露的门楣望进去，腊白的板鸭从地面一直挂到了屋顶，一排一排，整齐错落，像一幅幅油画，呈现出大气磅礴的美学效果。那股浓浓的咸腊香味，在那个缺肉少油的年代，竟是如此深刻。

后来，这个板鸭作坊随着集体经济的解体而歇业了。而作为陆良城郊的南盘江重镇四河却一直保持制作板鸭的习惯至今，只是由集体经济变成了个体经营。四河现在仍以板鸭、鸭蛋而闻名，板鸭也因此成了陆良特产。几年前的冬天在陆良芳华的农业专业户小周的鹅家山庄吃到一锅单焖的清汤鸭爪，陆良方言叫"鸭拐子"，汤色乳白，肉香浓郁，尽勾啃嚼。据小周介绍，每年只有冬季腌制板鸭的时候才有鸭爪，过了这几天就吃不到了。而鸭爪的发源地，就是四河。四河因为地处珠江上游，在南盘江被污染之前，水质优良，饲鸭成风，所产的鸭子品质上乘，腌制的咸鸭蛋也是驰名远近。汪曾祺对家乡高邮的红心咸鸭蛋充满自豪地说，"我走过的地方不少，所食鸭蛋多矣，但和我家乡的完全不能相比！他乡咸鸭蛋，我实在瞧不上"，也当然毋庸置疑。江苏高邮为水乡，所产的高邮麻鸭是全国三大名鸭之一，其善潜水、耐粗饲、适应性强、蛋头大、蛋质好，但四河的咸鸭蛋却也不在高邮之下。四河的咸鸭蛋蛋黄像早上八九点钟的太阳，黄中带红，色泽健康；油脂满溢，鲜红欲滴，香而不咸，咸而不苦。汪老描述当地孩子吃鸭蛋的特殊方法："蛋黄蛋白吃光了，用清水把鸭蛋壳里面洗净，晚上捉了萤火虫来，装在蛋壳里，空头的地方糊一层薄罗。萤火虫在鸭蛋壳里一闪一闪地亮，好看极了！"确实充满了童趣与创造力，可为一彰。

鸭子作为烤鸭燔炙入馔由来已久，原属曲靖地界的宜良烤鸭也是驰名远近。宜良烤鸭的缘起，主要有两种说法：一是总督原创说，一是北京袭学说。

据《中国烹饪大典》，烤鸭起源于唐朝宫廷。唯其源流不清，证据不彰难以遂定。而有确凿记载的，实见于清末。清咸丰六年（1856年），宜良兵燹，据传由宜良起兵后来官至云贵总督的吃货总督岑毓英突发奇想，发明了明火烤鸭的吃法，后以"顺河楼"曹家为招牌。

另一说是北京袭学说。说1902年宜良狗街乡人刘文作为家厨陪主人许实（1873—1923，字秋田，狗街沈伍营望族）赴北京会试。当时二人投宿于米市胡同的"便宜坊"附近，遂习得烤鸭技艺。回狗街后，刘文对北京烤鸭技艺加以改进，以焖炉之法烤制本地麻鸭，使之既保持了北京风味，又具有骨白似雪、酥脆离骨、色鲜肉嫩的地方特点，短短时间内就声名鹊起。

便宜坊，相传是明末清初由退休的吏部尚书何三大人创设的餐馆，以焖炉烤鸭而驰名京城。而大名鼎鼎的全聚德，则创始于便宜坊之后的清同治三年（1864年），为了避免和便宜坊竞争，全聚德采用的是明炉（也称挂炉）的方式烤制。此后，便自成一派。

有地方学者分析，全聚德挂牌开张比宜良晚8年。因此，刘文在北京学到的应该是老便宜坊的焖炉烤鸭方式。但让人存疑的是，刘文赴京的年份是1902年，彼时全聚德和便宜坊均已开张多年，那到底刘文是从何处所学，还值得探讨。

但不论如何，宜良曹氏烤鸭首先系用明火挂炉的方式烤制，但后期宜良烤鸭均变为焖炉方式烤制，坊间一直认为此变是由刘文学回焖炉烧烤之法并在宜良传播，曹家也不得不随之做了改进弃"明"投"暗"，此后便一直沿袭至今。

这两大派系至今仍在。全国各地的烤鸭制作方法，大体离不开这两大派系。有意思的是，起于北京的焖炉烤鸭没有在北京做大反而在宜良狗街做大做红，成为南鸭旗帜；而发明于宜良的明炉烤鸭，在宜良也没有做大，反而被外来的焖炉烤鸭"焖"掉了。

在北京烤鸭的基础上，宜良独创出了以青松毛结熏烤增香的方法，最终演变为宜良烤鸭之一绝，并成为宜良烤鸭之招牌制法，"青"出于蓝而胜于蓝，风味及创意远胜同类。青松毛，即云南松之松针，以炭火熏烤时，松针会散发出由淡至浓的清香，山野自然，十分诱人。而青松毛，在云南的山地丘陵，房前屋后，无处不见，唾手可得。

事实上，总督原创说与家厨袭学说并不完全一定。但至少有两个因素决定了烤鸭诞生宜良之必然：一是宜良紧邻陆良，南盘江穿城而过，饲鸭条件得天独厚，饲鸭习俗悠久；二是当时几代朝廷嗜食烤鸭，尤以乾隆为甚，饮食向来有风速般的传播力量，上行下效，蔚然成风。朝廷有炉，宜良有鸭，宜良烤鸭就诞生了。餐饮是活着的历史，历史就这样活了下来。

2008 年中秋，与诗人艾泥、同好王俊勇等人专程赴宜良兰学成烤鸭店吃烤鸭，艾泥大赞远超全聚德，餐后作诗《中秋在宜良兰氏烤鸭店》：

> 宜良烤鸭为清末云南总督研制，传至兰氏。方法与全聚德相似，用焖炉（此处有误，全聚德为明炉，作者注）。香脆程度更为甚。没全聚德贵。戊子中秋好友同聚，为之记。（小引）

李三少和王小肉

在抢鸭屁股

争执间，老店的窗外

谷子又黄了

总督变成了大厨子

马匹进化为小轿车

二十一世纪的这个中秋

端上百年前的烤鸭

时光也如一焖炉

文火炙我

而我连一只烤鸭的味道

都不如

做一只烤鸭当然不易。曹雪芹当年困居北京写《红楼梦》时曾戏言："若有人欲快读我书不难，唯以南酒烧鸭饷我，我即为之作书。"想来艾泥也无做鸭之幸。至于诗中所说与王小肉（即王俊勇，因无肉不饭而得名）抢鸭屁股却好像是没有的事，因我向来不喜食屁级食物，王小肉倒极有可能，因此公极喜食各种动物之古怪，肥肠尤甚。另之前有一广东籍同事对此天生热爱，并名其为"美丽"，鸡屁股叫"鸡美丽"，鸭屁股叫"鸭美丽"，曲靖方言则叫"鸭俏"，义同，形容抢手。有一次吃饭，一位同桌客人吃不来"鸭俏"便夹起丢到地上，临了还踩上一脚，惹得这位广东佬全程黑脸不悦，席散之后还骂不绝口，说这顿饭全因糟蹋了这个"鸭俏"而实在扫兴，发誓以后再也不跟那位同桌吃饭了。

宜良曹氏和刘氏的烤鸭我们没有吃到，艾泥所写我们吃到的是后起的兰氏烤鸭，现已成为宜良一大餐饮文化名片。宜良烤鸭因以焖炉烤制，油量损失少，肥瘦相宜，皮酥脆，肉香嫩，汁丰富，光亮油润，色泽红艳，清香离骨，风味显著。宜良烤鸭的吃法与全聚德不一样，它是切成大块，直接蘸甜面酱或辣椒粉，口味重的，还可以大葱蘸酱食用，去油除腥，豪爽奔放，简单大方。当然也有"片盘两品"的。

2006年，在北京参加电视连续剧《商贾将军》的发布会，会毕去吃全聚德烤鸭。全聚德的烤鸭以片皮鸭为主，一鸭几吃。比起宜良烤鸭，北京烤鸭肥腻且肉质稀松，片上桌的时候已经变软，加之就餐环境高端，价格不菲，本是寻常一禽，但感觉堪比鲍鱼龙虾，整个过程大家吃得小心翼翼，正襟危坐，谁也不便放开筷子大快朵颐，生怕坏了规矩失了方寸，让旁边坐着的人笑话。筷子不约而同地绕开烤鸭，在其他菜碟里反复扒拉，结果一顿饭下来，餐桌上剩下的竟是主角烤鸭，感觉名头大过吃头，仪式高过实质。要在宜良，

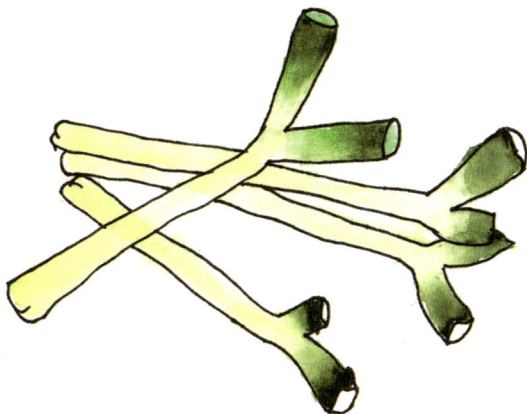

鸭

　　曲靖的餐厅多用老鸭子，并且成为曲靖的招牌，卖鸭子的餐厅，必须冠之以"老鸭子"，似乎才算正宗。

全桌早就人手一只，提腿卸脚，大块吃肉，大碗喝酒，根本不在话下。

台湾宜兰的礁溪庄樱桃谷，讲了一个鸭子当飞行员的故事，但落地还是一个字：吃。这里一鸭三吃、四吃、五吃，跟北京全聚德的吃法差不多。但这里有师傅出场，旁边有服务员辅助分递，师傅刀功不错，鸭肉被片下来时里面还有肉汁不时渗出。樱桃谷的鸭肉不油腻，鸭油完全被锁住，表皮香脆适口，鸭肉粉嫩多汁、紧实鲜嫩，酱料咸甜适中，其实，不蘸酱就已经很爽口了，像是为每个人的口味而来。有特点的一款吃法是，片下来的肉，每一块规规整整地放在一个饭团上，众人打趣说这是"鸭肉寿司"。稻米的清香和着鸭肉的鲜香，饭团扛下了油脂，不油不腻，可品可饱，是为一景。

后来在西双版纳勐海一家基诺族餐厅吃过一味糯米鸭，用料也类似，但味道迥异。先将鸭肉片好后覆于糯米饭饼之上，然后将糯米饭饼煎至焦黄，切块成坨，蘸干辣椒面伴食。糯米的软糯焦香伴着鸭肉的鲜香，上层鸭肉的皮焦与下层的饭焦间夹着中间的嫩肉，焦中有嫩，香上堆香，那个味道，瞬间就把你带到勐海古茶山的云雾之中去了。每次进食，必点此菜；每点此菜，必食过量。

曲靖的餐厅多用老鸭子，并且成为曲靖的招牌，卖鸭子的餐厅，必须冠之以"老鸭子"，似乎才算正宗。麒麟鸭子王用的就是年纪超过两年"蛋尽娘绝"的老鸭子，把弃之可惜的老鸭子做成了食之有味的有为之鸭，让鸭中"老娘"焕发新生，发挥余热。两年之鸭，的确已经算老了，因为在鸭界，都是以小鲜肉居多，半年左右即可上餐桌。年轻的鸭子，经不起太多的调料和火候的考验，如此猛料之下的鸭子，自然难以承受生命之重。麒麟鸭子王用云南特有的松香拔毛，一是可以拔出最细的绒毛，二是可以增加鸭肉的香味并且先就除了一次腥。然后洗净、切块，热油中入干辣椒、花椒、蒜瓣、姜块、老酱等各种调料爆香，倒入鸭肉翻炒。这时候，传承了20年的技艺开始起作用了：时长、火候、翻炒次数和方向，都有讲究，为的是让鸭肉能够最大限度地吃味，或曰持味。爆炒至鸭肉缩骨并充分吸收调料之后，再将鸭肉装进高压锅，根据鸭子的年龄设定烹制时间。在高压密闭的空间里，让调料和鸭肉再次交融作用，肉、料合体，充分释放并锁住香味，完成最后的升华。由于老鸭骨肉老到，通常需要压制40分钟左右再出锅，这时的鸭肉既易啃吃，又味至最浓处，这是多年经验的总结。出锅的鸭肉，文火保温，以免腥气反扑，鸭肉肌理毕现，深沉厚重，特有的香味比起其他细皮嫩肉的肉类更为浓厚，味道老而不柴、老成持重，吃一口就会引来下一口，直到锅中剩之无物。

后来，又有一家以老鸭子为名号的餐厅开发了鸭全席，计有清汤鸭、黄焖鸭、卤鸭拼、咸鸭蛋等，可谓类别齐全。这些菜品其实一直散见于各个餐厅，该字号把各个单品整合为一个体系，满足各类嗜鸭之人，想法可以称道。清汤鸭以整只老鸭加红枣、天麻、枸杞、三七、玛卡等调料文火慢炖五六个时辰，上桌后再辅以酸萝卜炖制，所得汤汁浓淡得宜，汤味鲜香爽口，层次饱满，光汤就可以喝饱。至于鸭肉，则因肉味已进汤汁，不吃也罢，聊作料头。黄焖鸭则稍嫌味单力薄，辣味有余而肉香不足，汁液轻薄而鸭香缥缈，一顿饭下来剩之过半，总觉得缺了点什么。

近来在广东顺德清晖园看到园中鸭群锦鲤同戏，时值夏末，顿觉春江水暖鸭先知之实，因为现在能光明正大游在水上的家禽，好像也只有鸭子了。只要鸭子不曾离开水面，水中冷暖自然总是鸭先知了。

2021/03/05 改

故乡的鱼

　　曲靖是鱼的故乡，化石的胜地。这是从遥远的冰期说起。

　　曲靖市府所在地的麒麟区是中志留世至早泥盆世的典型地层，从距今6.5亿年至300万年前的地层中，单古鱼类化石种类就有30多种，且许多化石均以"曲靖"来命名。与麒麟毗邻的沾益是珠江的源头，也分布着泥盆世和志留纪的海洋生物化石，其中就有鱼类若干。此外，沾益也是中国现代地质研究的开始地，始于1911年，而此前，中国的地质研究一直由西方及日本主导开展。在盛产煤炭的富源县，则发现了贵州龙的分布，贵州龙化石是研究早期爬行动物演化的重要化石物证，也是亚洲地区继贵州兴义之后的第二个发现地。云南第一大坝子陆良，远古时期也是海洋世界，这里分布着许多贝类及珊瑚等海洋古生物化石。在2.38亿年前，地球遭遇了一次空前的"物种大灭绝"，海洋中超过95%的生物遭遇灭绝，而罗平这个今天的"东方大花园"则幸免于难，保留下了一条罕见的完整生态链。罗平生物群作为中国珍稀的三叠纪海洋生物化石库，像一部档案，把这些生命的前世今生，深深地刻在了石头上，让我们至今仍然可以看见生命的通道而不至于迷路。这些化石，也直接见证了沧海桑田的变迁，高山大海的挪移。罗平生物群其生物门类的多样性、化石保存的完整性、埋藏的独特性举世罕见。

也就是说，亿万年前，曲靖是地球上的一块福地，就在大多数物种都面临灭绝的时候，漏网之鱼却在曲靖活了下来，极脆弱的生物在这里显示出了极强的生命力，一些物种经历了一次次死亡，另外一些物种则前仆后继，完成了一次次新生，艰难而又坚强地活了下来，演化成了更高一级的生命或物种，让地球上活着的为数不多的地块之一见证和孕育了生命，为物种的"活着"作顽强的坚守。这块土地始终没有放弃，一直在为生命接力，直到物种完成进化，人类出现为止。人类没有出现的时候，这就是天意，这些低等生物得以偏安一隅，赢得了时光，赢得了生命所需要的要素，缓慢而持久地演化，像时间之炉，文火慢炖，直至我们成了它们的后代。

这些一条条嵌在石头里的鱼并没有死去，它们成为时间的标本，把它们生活的世界与我们生活的世界重新恢复连接，重新组合记忆，使亿万年前的海洋世界与我们现在的陆地世界连接。亿万年前的曲靖让我们看到，水、土就是生命的基础，有水有土就有生命。即使昨天的汪洋大海变成了今天的连绵山峦，水和土却依然不变，只不过是水土互移。大海离开了，陆地出了头，没有离开的那些水，和鱼一起留了下来。到今天，鱼类从岩石走到了水里，走进我们的生活，长成我们肉身的一部分。

曲靖是鱼的故乡，这也可以从当世说起。

曲靖是珠江之源，占尽水利，河流纵横，阡陌交错，池塘棋布，在水被污染之前，水底下到处都是鱼，吃鱼只要举手之"捞"。鱼是曲靖人不需要经过人工饲养，不需要经过等待，不需要花费多少成本，就可以直接从自然界获取的重要肉源。人走下水，鱼就上了餐桌。曲靖坝子河网密集，曲靖人对鱼有很特殊的情感，鱼既能给人带来渔猎之乐，又能满足人的口腹之欲。在物资短缺、吃肉需要审批的年代，捕鱼是最隆重的事，介于农活和娱乐之间，既是体力劳动又考人的智商，在长辈眼里，有渔获就是正经事，没有收获就是不务正业。我幼时生活的村庄口，有一个较大的龙潭，地下水千年不枯，计划时代生产队在其中种满了莲藕并放养了鱼苗，每年春节前，村里都把龙潭中的莲藕和鱼充公，全民共享。挨近春节，大马力的抽水机连着几个昼夜不停地抽水，只剩一个锅底塘的时候，村长一声令下，早等在岸边的乡亲们一哄而下，龙潭里全是人，一个村子都站在里面了。各家划地为界，连鱼带藕，谁拿的归谁。这个时候，劳动力强的家庭显示出了极大的生产力和创造力，划好地盘后就先忙着把大条大条的鱼捉到手装进编织袋，然后再慢慢挖藕，常常是鱼藕双收。我家劳动力不强，常占不到太多便宜，往往是我看到大鱼伸手去捉的时候，就被大鱼一尾打翻在泥水中，然后这鱼就跳到别家地盘成了他姓，所以我们每年最终只能得到跟我体力差不多、犟不过我的鱼。但这样人海里的捕鱼之乐，却远远胜过吃鱼之快。这是我们这个村庄每年的保留项目，常年延续不变，其欢乐的程度，不亚于现在的孩子进迪士尼，我们常常把它看作春节的一部分和春节的预热。计划经济之后，龙潭由私人承包，这个项目随之取消了。

可以说，七十年代前出生的曲靖人，没有没捞过鱼摸过虾的。出于对鱼类的情感，曲靖在城市北部立了一座雕塑"鱼的故乡"，造型是一位丰腴的民族少女手捧一条鱼立于大地之上，健美、典雅、端庄、朴素，寓示着母亲、繁衍，雕塑所反映的少女和鱼，一个是人类的母亲，一个是人类的远亲。雕塑由著名的雕塑大师刘开渠设计，四川美术学院教授冯宜贵制作，成为曲靖的象征之一，与麒麟仙子、阿诗玛两座雕塑一起，并为名雕，被刘开渠先生称为"小小的城市，大大的雕塑"。这座雕塑，也成了曲靖人追求和尊重美食的精神图腾。

云南知名美食学者蒋彪先生曾说，曲靖的花白鲢有鳜鱼之美，曲靖人根本没有必要花大价钱去吃鳜鱼，吃花白鲢就足够了。袁枚在《随园食单》里也说："凡物各有先天，如人各有资禀。人性下愚，虽孔、孟教之，无益也。物性不良，虽易牙烹之，亦无味也。"说的就是食材的重要性，巧妇与米好米坏的关系。袁氏还说，一桌好菜，厨师的功劳只能占到六成，其余四成的功劳应该归于采购食材的人。足见食材之要。

花白鲢最早以化机厂的最为知名。化机厂是计划时代曲靖的一个大型机械厂，改制后这里也成了下岗职工二次创业的所在，钉子厂以酸菜猪脚而名，化机厂则以花白鲢而名。究其原因，生猪和鱼类当时是曲靖本地较易获取的食材，价格经济实惠，大众接受度高，加工简单快捷，以此为切入点比较符合曲靖人的消费水平和口味。加之这两个大型企业原本工人数量就特别多，并且大多从事繁重的体力劳动，对肉食的摄入量较大，因此就地取材、就地解决职工的吃喝问题具有很强的针对性。酸味是云贵及西南地区较为普遍的饮食口味，是解渴纾困最理想的味道之一。酸菜是曲靖大部分地区特别是农村地区在冬春之交食物短缺时期必备的重要咸菜，冬季备一季，一年吃到头。酸味就这样一直藏在曲靖人的身体里。钉子厂把酸菜放进了猪脚中，花机厂则把酸菜放进了花白鲢，两种肉食成了当时曲靖的两道饮食风景，各个厂区人满为患，盛况空前，让人感到工人阶级真的是这个城市的领导阶级。有意思的是两个企业隔得也不远，很长一段时间内，这一带厂区成了曲靖的美食核心区。酸菜放进这两种食物中之后，从事重体力劳动的产业工人瞬间被激活，仿佛一下子找到了失散多年的亲人，一头扎进这个味道，久久不能出来，到处坐满了穿着制服的工人同胞，小食摊灯火通明，昼夜不灭。

花白鲢一般要挑大的，越大的肉质越紧实，去鳞切块后要腌制片刻去腥。因为花白鲢耐低氧能力相对较差，出水后较容易死亡，腥味会加重。花机厂花白鲢一般都以盐酸作主料来烹煮，盐酸的盐味和酸味比家用的普通酸菜要浓，能轻松地遮盖住花白鲢的腥味。

以盐酸作调料，基本不需要其他太多的调料，盐酸入锅后和鱼混煮，等到鱼肉煮熟的时候，盐酸自有的盐味、辣味和酸味逐渐释放出来，大部分味道离开盐酸来到了汤汁中，自己只保留能证明身份的那部分，肉成之时，正是味道刚好的时候。盐酸的味道在汤汁里奔腾，寻找它要发挥作用的对象，不停地和鱼际会，热情洋溢地跑进鱼肉之中。花白鲢肉质柔嫩，使得盐酸能够轻而易举地打入它的内部，成为鱼的一部分。煮熟后的花白鲢，肉质鲜嫩，咬开一口，如同豆腐般白净，肉质层层分明，虽经大火煨煮，里面依然保留着鱼肉的结构和逻辑，怎样也不会碎去。剔去一根根细刺，鱼肉成为无骨之鱼，不加分辨的话，当真和鳜鱼一样的美了。一块接着一块，这块的尽头，就是下一块的开始，或者这一块就是下一块，总感觉要吃得更多，才能吃出原先总没有吃出的味道来。盐酸之外，还会加点芹菜，鱼的鲜香，盐酸的浓香，差的正是芹菜的清香。满盆红汤之中，绿芹荡漾其间，宛若锅中春天。

　　除了化机厂花白鲢，还有现在区七中状元楼一带原来也有数家花白鲢餐厅分布，一大排都是石棉瓦搭建的临时建筑，环境虽然简陋，味道却藏得很深，一度成为我们下班后的主战场。就是在这样一顿顿平民化的饮食之下，我逐渐融入这个城市，成为它的一员，学会了喝酒，学着要怎样与人事相处，而我幼时形成的故乡味觉记忆，也慢慢发生改变，与这个城市的味道逐渐趋同，形成新的味觉记忆，新的故乡。后来兴起的还有卫氏花白鲢，坐落在离此不远的荷花塘一带，较之花机厂花白鲢，环境大有改善，味道却大致相似，成为宴请酬宾的热门餐厅。在很长一段时间内，化机厂花白鲢就像一朵蒲公英，随风把种子撒在这个城市的角落。时隔多年之后，卫氏花白鲢又在郊外铁路桥下的一处山庄重新开张，但已没了当年盛况，零星坐着的几桌客人，想必也和我们一样，是追着过去的回忆而去的吧。

鲫鱼也是曲靖人餐桌上的常客。曲靖人爱称鲫鱼为土鲫壳，应是鲫鱼的外形似壳之故，陆良则称为"鲫壳子"。土则是野生之意。人这种动物很奇怪，作为人，自己非常害怕被钉上土的标签，但吃的东西却非土不食，非土不好，非土不稀，以土为至上之物。鲫鱼是运动素养较高的淡水鱼类，有经验的人说，脊背颜色越深，活力动感越足，入肴味道也越好。因此，我们每去吃鲫鱼的时候，都要去鱼缸看看腰脊黑不黑。曲靖专卖鲫鱼的有"车氏土鲫壳鱼庄"，主打的是鲫鱼，当然也有其他鱼在卖。车氏的鲫鱼以老酱为主料，再加上干椒爆炒至出味，以冷水活煮，至沸腾入味再上桌。曲靖的鲫鱼肉质细嫩，车氏的做法基本可视作代表。鲫鱼本身之鲜，融入老酱立体之香，再加上干椒炒出的煳辣之香，鲫鱼早已没了腥气，集诸香于一身，香势夺人。曲靖的鲫鱼之特别在于辣、香、鲜味的末尾，还能明显捕捉到淡淡的甜味，这种甜不是来自调料之甜，不是来自你的舌头，而是实实在在就来自鲫鱼本身，但是你不能忙，得慢慢品味、等候，前味过后，它就来了，这样的甜，可称一绝。但以老酱调味，若煮的时间过长，最后汤汁收缩后往往会变得过咸，此为遗憾。开得早的还有麒麟鲜鱼店、龙华鲜鱼店，做法大致差不

鱼

　　亿万年前，曲靖是地球上的一块福地，就在大多数物种都濒临灭绝的时候，漏网之鱼却在曲靖活了下来。

多，只是各家有各家细微的差别，而这细微的差别，往往又是各家的道行。

鲫鱼做得好的，还有一家叫"辣得爽"。与其他家不同，其他调料之外，它还加入酸萝卜条并煮，这样烹煮的鲫鱼，味道更丰富，甜味更明显，以至于每次我都会问是否往里面加了糖。那种甜是嫩的甜，那种嫩是甜的嫩，仿佛甜就藏在丝丝缕缕的鱼肉纤维中，看不见摸不着，只有把它放进嘴里的时候，它才会出来。至于从哪里出来，好像又是从肉之外。原来在胜峰小区小花园旁有一家卖水库鱼的鱼庄，据说它的鱼是来自茨营的小阿迤水库的野生鱼，掌柜的基本没有多少过人的厨艺，就是从养鱼人变成了卖鱼人，靠的完全是食材本身。我们经常在这里吃鲫鱼，它用的调料极少，以清汤烹煮居多，主要显示的就是食材，完全是一种去调料化、去厨艺化的实验，透着满满的自信与骄傲。这里煮出来的鲫鱼更甜，汤汁浓白，鱼肉鲜甜无比，不可方物，仿佛以乳汁炖煮而成。这也是曲靖人普遍会做鲫鱼汤来给坐月子的产妇温补的原因吧，有些家庭给刚满月的孩子开荤的时候也常以鲫鱼和鲫鱼汤为首荤。

前些年我特别喜欢吃鲫鱼，并且以速度快和吃得干净著称于小圈子。某次，一位朋友带他的一个朋友来赴宴，初次见面听说后表示不服要和我比试，定的规矩是谁最后吃完谁喝一杯酒，一条罚一杯，结果我一口气吃了四条，而他每次都用筷子夹着半条发愣，神情沮丧，好似被鱼刺卡住了喉咙，等我吃完四条的时候，他已喝下四杯酒，席散之时，这位仁兄被架着回去了。其实诀窍无他，只是我从小在水边长大，而从水里打捞上来的又以鲫鱼居多。一个流传很广的段子是，绑匪绑架了两个孩子，却又不知道该向谁家敲诈才对，于是准备了两条鲫鱼，让两个孩子分别吃，结果一个孩子从鱼肉上一根一根刺地拔，吃完了鱼肉之后就把头丢在一边。而另外一个孩子却是从刺上拔下鱼肉，鱼肉吃完后，骨架完好无损，然后再把头吃得条理分明，于是绑匪放了前者而留下了那个把鱼吃得干干净净的孩子。抛开犯罪心理而论，这个绑匪好歹也是个吃货，或者至少也是个嗜鱼之人，知道饮食背后暗藏的生活常识。

草鱼也是曲靖常见的鱼类。草鱼一般居于水的中下层和近岸多水草的区域，故俗称草鱼。鱼类有个特性，越靠近水底，腥气越重，所以草鱼的腥气较之其他鱼类要略微重些，并且草鱼因体形大和食草的原因，故肉柴。"昀泰园"草鱼的做法是加萝卜丝烹煮，本地的白萝卜味甜而略嘈，和鱼一起烹煮可以让萝卜的嘈性盖过草鱼的腥味，同时腥味也消解了萝卜之嘈，让萝卜和草鱼都抵消了彼此的特殊气味，最终求得和谐统一。和萝卜一起煮成的草鱼，吸收了萝卜之清香和植物之甜，汤汁洁白如乳，先天很柴的鱼肉戏剧般地变得鲜嫩洁白，久煮不碎，弹性十足，入口鲜、嫩、甜、香，丝毫没了异味，萝卜在这口锅中的作用，好比嫩肉粉和糖料，把一种并不高档的气味变成了至味，仿佛把草鱼变成了其他的鱼类。而萝卜也吸收了草鱼之鲜，甜味过后，鲜味上场，肉味深入其间，拂之不去。萝卜煮草鱼，在陆良较为风行。陆良早期曾是千里泽国，后来西桥炸滩后变成了万亩良田和鱼米之乡，其中尤以三岔河的

"鱼米"最盛。白水塘就处于三岔河的腹地，入夏时节，这里荷塘接着稻田，万顷碧波，"接天莲叶无穷碧"，"鱼戏莲叶东，鱼戏莲叶西，鱼戏莲叶南，鱼戏莲叶北"，风吹稻香来，雨打莲叶新，蜻蜓立上头，池塘处处蛙。有一年乘船在白水塘闲游，船过荷塘深处时，一条婴儿般大小的草鱼不由分说地跳进了一位朋友怀里，鱼从天降，大喜过望。一时间，朋友和鱼皆感兴奋，频频举起与鱼合影连连，毕，鱼和人一起走上了餐桌。陆良鱼不仅多，而且和水一样好。陆良北部的大莫古盛产山地萝卜，水、肥、甜、脆，以其制成的干萝卜丝远近闻名。以大莫古萝卜煮白水塘草鱼，再佐以糊辣椒蘸水，鲜、甜、香、辣集于一尾之间，亦算人间一味。

会泽有亚洲第一大土坝毛家村大坝，坝下建有以礼河电站，当地人利用水库里泄洪流出的水养起了虹鳟鱼，并成为全国最大的虹鳟鱼流水养殖基地。会泽的虹鳟鱼鳞小刺少，肉色橙红，肉质细嫩鲜美，既能生食，也能烹制熟食。寥廓公园"二爨之乡"石壁处开有一家虹鳟鱼餐厅，鱼就从会泽运来。我们每次到此吃鱼，必是交代厨房多片几份生鱼片，剩下少量的则拿来涮煮。虹鳟鱼的生鱼片片得极薄，任切不碎，透明透亮，极具亲和力，不似其他生肉那样给人疏离感，仿佛一层窗户纸。鱼片间有红色细纹，一片一片横卧在冰块之上，肉片变得紧致脆嫩，冰凉爽口，不似三文鱼那样绵柔拖沓，蘸一点芥末酱油，冰、凉、鲜、辣，真爽。我每次都喜欢多拣几片泡在芥末酱油里，泡够了时间再入口，虽然知道这种吃法是糟蹋食物借鱼来吃佐料，但人似乎骨子里都会有或多或少的受虐癖，这样的话，芥辣一下又有何妨。除了鱼生，会泽当地虽然也探索了清蒸、红烧、酸辣、麻辣等多种吃法，但唯数鱼生较有特色，因为虹鳟鱼是曲靖为数不多的会被拿来生吃的鱼类。另外，也不是所有的虹鳟鱼都能拿来生吃的，而会泽的虹鳟鱼，凭的就是那一湾水，那一湾来自蜿蜒于群山怀抱之中的雨露，让它能够把大山、土地、森林和雨水之气长在了身上。曲靖是鱼的故乡，鱼类众多，虽然人类很早曾有鲤鱼鱼生的吃法，但在曲靖却从未遇见，反倒是在近邻日本还一直保留着鲤鱼、鲫鱼鱼生的吃法，让人充满了探索的欲望。也许是在曲靖这样的高原地区，大海离开我们太久了，留下更多的就是磅礴、致远、辽阔、巍峨，而少了些秀气、精致、斯文，反映在食物上就是大气、粗犷、宏观、不拘小节。

最近，曲靖和中科院联合，建成了一个古鱼类博物馆，一个被埋藏在地下亿万年之久的海洋生物世界，出现在曲靖的聚光灯下，向世界展览。

2021/01/07

2021/03/04 改

好火一只腿

火腿，也叫火肉，兰熏。

火腿中的三大名腿今天是：金华（浙江）火腿，宣威（云南）火腿，如皋（江苏）火腿。也有人将宣威火腿、金华火腿并称"南腿"，而外人常称的"云腿"，则多指宣威火腿。

火腿，一说是因色泽而名：北宋末年抗金名将宗泽将家乡的腌制猪腿肉奉与赵构，赵构看其切开后嫣红似火，即名之曰"火腿"。宗泽是义乌人，义乌与金华接壤，金华火腿就近流传至义乌也是常理。一说是因熏制而名：猪腿经腌制后还要专门以烟熏火烤才能成品。元末明初韩奕《易牙遗意》中已载有火腿腌制之术。比邻金华的东阳《东阳县志》也有记载："熏蹄，俗谓火腿，其实烟熏，非火也。腌晒熏将如法者，果胜常品，以所腌之盐必台盐，所熏之烟必松烟，气香烈而善入，制之及时如法，故久而弥旨。"二说皆有可能。中国的汉字本就充满了玄机，说本意可以，顾左右而言他也可以，"火"既可作名词也可作动词，一字两意，一语双关的事，我们谁也没少干。

火腿到底源于什么时候，民间也是各有说法，难有定论。宣威籍地方史学者、曲靖市文联主席高兴文先生潜心研究著述的《宣威火腿文化丛谈》中推论：云腿的腌制历史已有2000多年了。作为云腿代表的宣威火腿，其腌制历史可能也已有2000多年了，可以说云腿是"得名三百载，腌制二千年"。"得名三百载"说的是宣威火腿记入典籍，最早的是清乾隆壬戌年（1737年）四川罗江进士李化楠、李调元父子所撰的饮食专著《醒园录》，书中是在记述火腿酱的做法时说到宣威火腿的："火腿酱法：用南火腿煮熟，切碎丁，去皮，单取精肉。……其法，每火腿一只，用好甜酱一斤、香油一斤、白糖一斤、核桃仁四两（去皮打碎）、花生仁四两（炒去膜，打碎）、松子仁四两、瓜子仁二两、桂皮五分、砂仁五分。"其中的"南火腿"即指宣威火腿。而"腌制二千年"指的是早在汉武帝统治西南夷时期，其他部族就以腌制火腿向滇王进贡了。物证是1957年在晋宁石寨山出土的青铜器上已有民族部属向滇王纳贡和火腿的雕铸场景。其实，如果此说成立，火腿的腌制历史应该比此更早，至少在火腿被铸上青铜器之前，民间应该就已经掌握了火腿腌制技术了，总不至于是现学现卖速成培训便向滇王上贡吧？至于比此更早多少年，今人怕是难以说清了。

宗泽创制说、赵构创制说无疑是后人赋火腿予人文色彩，并将火腿托名而显其贵的文化心理所致。事实上，饮食一直是平民化的口腹之欲。至于庙堂之上的奢华盛宴大抵是在民间基础上的二次升华，鲜有自上而下推而广之全国一味的先例。

就好比东坡肘子之中的东坡和肘子，后人一直以东坡称道肘子。但制肘子时的东坡已不是文豪东坡、官员东坡，而是厨夫东坡、饮食东坡，并非其厨艺有多专业高超，而是东坡面对这只肘子时掺进了自己的理解，最后肉以人名。如果单就肘子来说，世间肯定不是唯此一法，东坡之法亦不是最高之法，民间定有诸法流行。只是比一般人而言，文化在这里发挥作用，物以载文，最后成为一种生活美学。

所以，火腿之起源，并非来自名人高士的职业化研究推广，它更多来自民间日常生活的积累，也许是一户农家食物短缺的结果，舍不得一次吃完，设法把肉腌起来，以做长期储备；也许是来自一户大户食物过剩所致的无意之举，大宴宾客三天也吃不完，厨师套用其他食物的腌制之法把肉腌制起来，以做后期酬客之用。猪肉与盐相遇，一次偶然的化学反应，变成了一种改变人类饮食习惯和食物储存的伟大之举，使人类从最开始的狩猎采集社会逐步过渡到能进行粮食和食物储藏的农业社会，使人类应变自然的能力再次加强，由最开始的少数人的生活经验变成了大众习惯，最后固定下来，成为法则，又不断演化，成为人类社会不断繁衍发展的强大动力。饮食就是这样，许多的生活智慧或出自偶然，或出自一次一次有意为之的生活实验，或者这样的智慧根本就不是智慧，就是一个一个的笨办法，最后成为传统，推动人类一步一步走向文明。

宣威火腿与其他火腿都不同，宣威火腿在近代曾经轰轰烈烈地登上中国的政治舞台。近代宣威火腿之父浦在廷先生与中国新民主主义革命的先驱孙中山先生结缘，并以大量的火腿和资金支持革命，这时的宣威火腿已经不仅仅是一种简单的食品了，食品功能退后，革命理想上前，民主追求上前，在一个边陲的边陲，遥远的深山小城，一个普通的商人，甚至还看不清政治风向，居然能生出这样的民主觉悟和时代判断，实在是非同一般，这才是宣威火腿最大的功德。感于革命理想和知遇之助，孙中山先生写下了著名的"饮和食德"四个字赠予浦在廷。"饮和"意为饮食要注意和美、协调，不要太过火也不要有所欠缺，孙中山是广东人，当时"食在广州"早成气候，广州饮食讲究的就是和谐、平和、原汁原味，中医里有一词"性平味甘"可与之一谓，主要指饮食味道方面的要求；"食德"的意思应该是侧重于指人的要素，是说饮食要讲究方法和规律，要对食物保持尊重，不要浪费、暴殄天物。孙中山写"饮和食德"四个字时每个字均少了一笔，"在廷"二字又都多了一笔，后人做了多番研究推论，欲揣摩其用意，但都无法确证，想必其用意自是私人感谢之心和激励革命之情兼而有之，凡人自难猜断，但每个字都少写一画，无疑是有意为之。其中最为公认的一种解读是：继浦在廷创办的"宣和火腿股份有限公司"生产的火腿于1915年在美国旧金山的巴拿马世博会上获得金奖后，1923年，宣威火腿在广州举办的全国各地食品比赛会上又获得金奖，浦在廷先生遂在广州设宴款待孙中山等军政要员。孙先生因此寄意浦在廷,火腿虽好,荣誉虽盛,但要戒骄戒躁,再图进步,不要满足于现状,要有更高追求,山外有山,天外有天。这个题词显示了孙先生超人的智慧和深厚的人文素养,四个字都出自古语,言之有渊,"饮和"语出《庄子·则阳》:"故或不言而饮人以和","食德"语出《易·讼》:"六三,食旧德,贞利,终吉"。孙先生既亲笔题词勉励浦在廷,又巧妙地给他以警醒,激励他时时要有忧患意识,不要故步自封,安于现状。这个解读较为说得过去。就当它是吧。这并不重要,或许孙先生的高明之处就在于,既要让浦在廷先生时时警醒和体悟,也要让所有读到它的革命团队对这个四字都有不同的理解,而他自己也不预留答案,一万个人可以有一万个人的解读,而每个人的解读又都被尊重,亦未可知。这是一个谜,非常迷人的谜。答案被埋在了波澜壮阔、硝烟弥漫的历史深处。

除此之外,孙先生还于同年3月为浦在廷先生的宅第题写了一块匾额,名为"少将第",这是因为当时浦先生支持革命有功,并且在商界有极大的影响力,所以任命其为驻粤滇军少将军需总局局长兼广东烟酒专卖局局长,获五等嘉禾勋章一枚,随后又请浦在廷出任全国总商会副会长,浦在廷由此开始了他的戎马商旅。2007年,曲靖以此为题材,由中国作协副主席叶辛先生创作剧本,拍摄了一部长篇电视连续剧《商贾将军》,并在北京举行了新闻发布会。

在孙中山的直接影响下,孙先生的革命团队也与浦氏建立了良好的关系。国民政府主席、蒋宋联姻的月老，也是国民阵营里的知名美食家谭延闿以"推潭仆远"书赠浦在廷，意为甘美的酒食。另外，坊间还流传谭延闿宴客的"乳猪鱼翅宴"食单一份，其中的四冷碟"云威火腿、油酥杏仁、软酥鲫鱼、口蘑素丝"中的"云威火腿"就是宣威火腿，可见宣威火腿已是当时国民政府高官家中的常备之物。

此外，还有不少军政要员也为浦氏题词励谢：护国运动干将、云南督军会泽人唐继尧为浦在廷的题词是"急公好义"，滇军总司令杨希闵的题词是"味美于回"，滇军军长范石生的题词是"调和鼎鼐"，不一而足。可见当时浦在廷已经深得国民革命阵营的信任和支持。不仅如此，浦在廷同样支持共产党领导的革命队伍。

浦在廷先生一边支持革命，一边也回归一个商人的本质，在产品研发、企业改组、产业升级、工业化生产、品牌战略等方面不断进行探索创新，使宣威火腿远销重庆、四川、广东、上海等地区和东南亚国家，走向全国走进世界。就这样，一个深处地域末端、政治末端、商业末端的农产品，宣威火腿没有像宣威一样偏安一隅，而是随着浦氏的革命理想直插革命的腹地，直接走到了时代的前台，成了当时的爱国象征和军需物资，为革命补充了物质动力。

不少文人雅士对宣威火腿也是万般宠爱。

汪曾祺在《昆明的吃食》一文中多次写到宣威火腿。写吃鱼的有："东月楼在护国路，这是一家地道的云南饭馆。其名菜是锅贴乌鱼。乌鱼两片，去其边皮，大小如云片糕，中夹宣威火腿一片，于平铛上文火烙熟，极香美。"写过桥米线的有："原来卖过桥米线最有名的一家，在正义路近文庙街拐角处，一个牌楼的西边……一是汤好……二是片料讲究，鸡片、鱼片、腰片、火腿片，都切得极薄，而又完整无残缺，推入汤碗，即时便熟，不生不老，恰到好处。"写汽锅鸡的有："中国人吃鸡之法有多种……而我以为应数昆明汽锅鸡为第一。汽锅鸡须少放几片宣威火腿，一小块三七，则鸡味越'发'。"可见即使是在抗战时期，宣威火腿在昆明也是大为流行。昆明当时虽为战争后方，却是美食前线。

爱吃善吃的还有梁实秋。"抗战时，某日张道藩先生召饮于重庆之留春坞。留春坞是云南馆子。云南的食物产品，无论是萝卜或是白菜都异常硕大，猪腿亦不例外。故云腿通常较金华火腿为壮观，脂多肉厚，虽香味稍逊，但是做叉烧火腿则特别出色。留春坞的叉烧火腿，大厚片烤熟夹面包，丰腴适口，较湖南馆子的蜜汁火腿似乎犹胜一筹。"张道藩当时身任要职，在山河破碎的情况下，"召饮"一次已属不易，又在战乱中特挑云南馆子，在云南馆子中特备宣威火腿，可见宣威火腿在民国政要中的地位。还有一个原因是张是贵州盘县人，盘县离曲靖较近，张在1946年回家料理母丧时，还将法国夫人苏珊安排在曲靖暂住，自己只身回乡。因此，张嗜吃宣威火腿也不排除有盘县、曲靖同处一域并对宣威火腿熟识的因素。

还有"战士"鲁迅。鲁迅不仅爱骂，也爱吃。鲁迅对火腿情有独钟，在他的日记中曾多次写到与火腿有关的事情，1929年他从上海到北平探亲时写信给许广平："云南火腿已经将近吃完，是很好的，肉多，油也足，可惜这里的做法千篇一律，总是蒸。"信中抱怨北京人不会吃火腿。能得到经常吃金华火腿并且十分挑剔的鲁迅先生的首肯，并且在私密的家信中这么正式地来谈宣威火腿，可见宣威火腿真的是用实力在说话。鲁迅先生抱怨的北京人不会吃火腿，在梁实秋那里也有印证："从前北方人不懂吃火腿，嫌火腿有一股陈腐的油腻涩味，也许是不善处理，把'滴油'一部分未加削裁就吃下去了，当然会吃的舌抃不能下，好像舌头要粘住上膛一样。有些北方人见了火腿就发怵，总觉得没有清酱肉爽口。"

宣威火腿在外广受欢迎和赞誉，在曲靖更是餐桌的常客。宣威菜是曲靖地方菜的代表，其中以火腿为主料的菜色占据了很大的比重，甚至可以说无火腿不宣威菜。宣威菜中，金钱腿可称代表。金钱腿是蹄髈和小爪连接处的部分，一般是煮熟后围绕胫骨环形横切成片，外形浑圆，中间剔骨后自然形成圆孔，活似古时铜钱，加之肉色红艳，透亮晶莹，既赏心悦目，又香冠诸肉，实是腿中精华。汪曾祺写金钱腿说："昆明人吃火腿特重小腿至肘棒的那一部分，谓之'金钱片腿'，因为切开作圆形，当中是精肉，周围是肥肉，带着一圈薄皮。大西门外有一家本地饭馆，不大，很不整洁，但是菜品不少，金钱片腿是必备的。因为赶马的马锅头最爱吃这道菜——这家饭店的主要顾客是马锅头。"但时至今日，金钱片腿已成为整只火腿中价钱最贵的部分，早已不是马锅头能吃得起的菜，而是高收入人群才能品尝的精贵菜品了。

前几年，曲靖吃酸菜猪脚一城风行，尤以钉子厂一带最为知名。

钉子厂原来是个大型国企，后来没落后厂区成了不少下岗工人再就业的场所。小摊一家挨着一家，搭起简陋的临时帐篷，锅灶轰轰直响，食客摩肩接踵，场面蔚为壮观，这里似乎成了曲靖工薪阶层下班后的"职工大食堂"，朋友间请客吃饭基本都在这里。那时等级差别不太明显，有些官员老板也是这里的常客，有时喝着喝着大家就打成一片了，从这家窜台到那家，搂肩搭膀，常常忘了回来，一顿饭要吃几个小时，上厕所都经常会碰到熟人，热情地打着招呼，发根烟，聊几句，约好下次吃饭的时间地点。

钉子厂最有名的菜就是酸菜猪脚。酸菜猪脚准确地说应该是酸菜火腿猪脚。就是以新鲜炖煮的猪脚、火腿切片相合，再以富源酸菜调味合煮的火锅类独菜。猪脚不能煮得太烂，要脆脆的刚刚好，冷却剔骨后整块整块地存放好，火腿要轻煮一到两次撤去盐分，最后视火腿的年份再炖煮一个到两个多小时，使其再次去盐、去油、回软，捞出冷却。食客到来时，老板先问好几个人就餐便心中有数，自动配菜，一般把火腿和猪脚按一比一的比例配好下锅。如果有特别需求的会交代老板"火腿多点"或是"新鲜的多点"，在这里，猪脚换成了代名词"新鲜的"，成为常客的暗号。火腿一半，猪脚一半，酸菜一份，是基本的搭配法则。火腿过多，煮至最后则会使汤汁变咸，猪脚太多则又鲜味有余而香味不足，比例要拿捏得刚刚好，才能保证味道的纯正。酸菜则要使用正宗的富源酸菜——一酸两菜，就是一份酸菜里面有莜麦菜和白萝卜丝酸菜两种酸菜组成，莜麦菜脆嫩酸香，白萝卜丝酸甜可口，和着火腿、猪脚一起入锅，煮至沸腾。此时，锅中乾坤初现，红的是火腿鲜明似火，白的是猪脚清澈透明，两种酸菜上下翻滚，锅中一番热闹。汤至沸腾，火腿的浓香和猪脚的清香和着酸菜的酸甜，味道释出大半，像初出闺门的少女，在家长好可以出门了，羞涩、纯朴、天真，不深不浅。此时，必先喝一碗汤，香甜之中伴着特有的曲靖式的酸味，是其他地方没有的酸味，低调中透露着鲜明的个性。还有嫌味道不够的食客，会再要上一两份酸菜加进锅中，那酸更是浓得化不开，猪脚和火腿这一新一老只有拱腿相让，退居二线，由酸菜唱戏了。

袁枚《随园食单》里有一味菜"火腿煨肉"，即将"火腿切方块，冷水滚三次，去汤沥干；将肉切方块，冷水滚二次，去汤沥干；放清水煨，加酒四两、葱、椒、笋、香蕈"，说的是把火腿切成方块，放入冷水烧开后在汤水里滚三次，去掉汤水沥干水分；再把猪肉切成方块，放入冷水烧开后在汤水里翻滚二次，去掉汤水后沥干水分。再将两种食材放入清水里煨煮，加四两酒，以及香葱、花椒、笋和香菇若干。这个吃法说穿了也就是老肉煨新肉，就是取新老结合、两猪一吃、以老带新、新旧交合之"食德"，跟酸菜火腿猪脚类似，只是少了酸菜，更简单本味些。曾一直想按袁氏菜单烹制此菜，但一直难觅满意之火腿，最后只有作罢。

宣威火腿还被做成火腿月饼，远销海内外，并成了曲靖知名的名特产品。宣威火腿作为火腿月饼的主料历史久远，考证较难，但火腿月饼近年大行其道却是事实。火腿月饼最开始的包装方式是"火腿四两饦"，指的是每个火腿月饼重量大概四两左右，销售

火腿

宣威火腿在时代的洪流中勇敢地走上政治舞台，把寻常食物变成革命武器，然后再回到平凡生活，变回寻常食物。

时用红纸包起以细绳捆扎成一提，故而有称，有点类似现在的普洱茶七子饼的方式。但现在的月饼早已不是这样包装了，新的包装方式花样百出、千奇百怪，有的商家在包装上下的功夫甚至超过了月饼本身，以至于很多时候从包装上你都看不出来里面的东西究竟是不是月饼。这或许是时代的虚荣所致，爱面子的人把自己的面子放到了月饼上，至于月饼好不好那倒反而是其次的事了。曲靖的火腿月饼前几年较为知名的是农校月饼。创始人李氏承包了农校的学校餐厅，每逢中秋时节便会制作少量火腿月饼在学校范围内售卖，不料，其制作的火腿月饼以料好、量足、够味大受欢迎，市民争相购买自食或送礼，李氏方扩大生产规模并向市场售卖，并简单名之"农校月饼"。每逢中秋时节，农校月饼常是一饼难求，有时甚至还要走后门才能买到。农校月饼挑选上好的火腿做馅料，皮薄肉多，香甜可口，油而不腻，咬开一口，火腿馅料红艳晶莹，往往一个火腿饼下去，人已经饱了一大半，仿佛吃了一顿火腿正餐。后来，见农校月饼大受青睐，不少糕点店都抢在中秋这一季推出火腿月饼，生意虽然不如农校月饼，但也宾客盈门，季季大卖，不少曲靖人购买火腿月饼寄往全国各地作为礼品，也是大受好评。有的市民还在中秋前一两天利用打折机会大量购买打折扣月饼，存进冰箱冷冻，吃上一年半载。近年来，市面上诞生了不少火腿月饼的品牌：农校鸿一月饼、云维月饼、宣威升达月饼等。而随处可见的仿冒农校月饼也迫使农校月饼最后不得不更名为"月源月饼"。

云南知名美食学者、昆明大学教授蒋彪曾表示，云南的传统菜肴中约有27%的菜肴和点心都是以宣威火腿作主料或配料。蒸乳饼，曲靖人要夹一片火腿在其中，以火腿的浓香遮盖羊乳的腥气。炒菌，也要切一点火腿片、火腿丁掺入其中，以增其香。特别是干巴菌，曲靖的吃法基本上是无火腿不干巴菌，似乎已成为定法，普遍流行，原因无他，就是增鲜提香。还有野生鳝鱼，一般都以老酱烹炒，里面一定是要加火腿的，有的餐馆还要有意添加带"哈味"的火腿。在一些火锅中宣威火腿也是主要的配菜，最有代表性的是炊锅，中间一定要铺一层火腿作为重要的调味料，吊汤就全靠它了，作为诸菜的统领，火腿在炭火中起着传递年份的作用。多年前开在军分区门口的火腿鸡火锅，以火腿炖鸡，浓香和着清香，越煮越入味，直至吃到汤干肉净。难怪，不少宣威菜餐厅都爱作一副对联张挂于大门上"有他宴增光，无他菜无色"，质朴生动，一语到位。

可以说，宣威火腿不仅是滇菜的"配菜之魂"，还是诸菜赖于提味的汤式味精的重要配料。在1921年味精从日本传到中国之前，中国的厨师所用的"味精"都为"味汤"，味汤一般由老母鸡、老鸭和火腿熬制而成，替代味精使用，这锅汤就是厨师水平的标志，也是饭店聘请厨师的标准，因此，烹饪界有句俗语叫作"厨师的汤，唱戏的腔"。在这一锅汤中，火腿发挥了不可替代的作用：火腿是汤的灵魂，汤是菜的灵魂。

不少人都喜欢问两个问题：一个是火腿与腊肉有什么不同？抛开制作方式的不同，火腿与腊肉最大的不同是，腊肉是一种香味、一个方向，简单直接，是一条道走到底；而火腿则是柳暗花明、山重水复的香，皮、精肉、肥肉、骨头各香其香，中间是条条道路，给人一香未平一香又起的感觉。

另一个问题是，宣威火腿和金华火腿到底哪个好吃，哪个是"南腿"代表？梁实秋认为，云腿比金华火腿壮观，脂多肉厚，但是"香味稍逊"。鲁迅也认为宣威火腿"肉多油足"，与梁氏看法大致相同。汪曾祺却认为"云南宣威火腿与浙江金华火腿齐名，难分高下"。事实上，除开二者作为食材同为"南腿"的因素外，宣威火腿与金华火腿最大的不同在于它的政治贡献，宣威火腿是一支走向共和、新中国的腿。它先是在时代的洪流中勇敢地走上政治舞台，把寻常食物变成革命武器，然后再回到平凡生活，变回寻常食物。要说不同，应该说金华火腿是精致化的代表，而宣威火腿是自然派的代表，粗犷质朴，二者谁也不能代表谁，谁也不能统一谁，它们一起代表"南腿"，代表饮食传统，代表中国。

饮食之道，本就贵在自然，贵在不刻意，是为"饮和"。而宣威火腿之道，贵就贵在这条腿跑对了时代的方向，是为"食德"。

2020/12/23

2021/03/05 改

菌在不言中

　　每年农历的6月到8月份，是云南人用生命吃菌的季节，每年都有人以身殉吃。因此，每到这个时候，食品安全机构都是如临大敌，高度警惕，又是短信提醒，又是安全培训，又是现场检查，又是店堂广告，又是媒体宣传，真是苦口婆心，一副"少数民族到了最危险时候"的架势。为了管住民众的一张嘴而这样大动干戈的行政动作，即使在事关国计民生的行业也不多见，有的地方的食安部门干脆直接禁止餐馆销售野生菌，求个平安无事。但是，嘴是最防不住的东西。

　　云南复杂的地形地貌、地理环境，多种多样的森林类型、植被种类、土壤类型以及得天独厚的气候条件，孕育了丰富的野生食用菌。野生菌一般生长于云南松、高山松、占风松等针叶林和混交林地带，一般来说，野生菌生长受气温、日照、地势、周期等自然条件的影响，不同环境下生长的野生菌其氨基酸、蛋白质、铜、锌等有效成分和微量元素的种类与含量也不同，从而导致了不同地域生长的野生菌风味也各有差异。

云南野生菌约二百五十种，占了全世界食用菌一半以上、中国食用菌种类的三分之二，被誉为"真菌王国"。而云南野生菌的分布和吃法，曲靖是绕不开的地方。

一阵雨水一阵阳，松树林里拾菌忙。说的就是夏天节令来临的时候，一场雨过后接着再出几天的太阳，野生菌必然破土而出。曲靖人已牢牢掌握住了野生菌的生长规律，以此为职业的人，看天象采菌甚至比爱人的预产期还掐得准。清代"状元科学家"、云南巡抚吴其濬在《植物名实图考》中描写蜀黍的生长规律时说"久旱而澍则禾骤长，一夜几逾尺"，蜀黍如此，野生菌亦如此。

在曲靖，说到吃菌，马龙的野生菌又是绕不开的。"冬吃附子夏吃菌"，这是当地官方的口头宣贯，也是这块大地上最拿得出手的东西。

每年农历的6月中下旬过后，正是雨水充沛、阳光豪放、大地热情的时候，在马龙的旧县、马过河等地，当地居民几乎倾巢而出，直取各大山头，全民采菌。这个时候的野生菌，繁衍能力超强，今天采过，几天后一阵雨阳，又能采到。这个时候，你会深深地体会到大地母亲的真正含义，大地真是个母亲，生生不息。采菌时节近三个月的饭，是老天爷赏的，就是这么一块地，忽然就多出了这些东西，让你有顿好饭吃。三个月后，它们又神奇地消失了，谁也不等。

以菌入馔，并不是近代才有的事，早在清代雍正时期许日藻修、杜兆鹏纂的《马龙州志》中就有记载，说马龙的野生菌有："鸡葼、青头菌、香蕈、木耳、牛肝菌、大把菌、松毛菌、冻菌、荞面菌、黄罗伞菌、鸡油菌"。其中，"鸡葼，或作蚁葼，以其产处下皆蚁穴。《通雅》又作鸡塅，以六七月大雨后生沙土中或松间林下。鲜者香味甚美。土人咸而脯之，经年可食。若熬液为油，以代酱豉，其味尤美"。显然，还有很多可以食用的野生菌并未载入州志中。可见，饮食是人类最坚固的东西，把植物弄成千奇百怪的美食，不只是现代人的专属，古人早已干过了。

不知从何时起，鸡葼已被现代人写为"鸡枞"了，汪曾祺先生是写成"鸡塅"的。汪曾祺先生在《昆明菜》一文中写道："鸡塅为菌中之王。鸡塅各处皆有，（昆明）富民可能出得多些。鸡塅可制成油鸡塅，干巴菌可晾成干，可致远，然而风味减矣。"汪先生所说的油鸡塅便是《马龙州志》中所载的"若熬液为油，以代酱豉，其味尤美"。可见，油鸡枞的做法古已有之，虽然"城头变幻大王旗"，但油鸡枞并没有变，古法亦是今法。由今及古，油鸡枞是鸡枞的一种类似肉类的腌制方法，只不过腌肉用盐，腌鸡枞用油。做油鸡枞原因不外有二：一是自采的鸡枞较多吃不完，用油炸后便于长期保存作咸菜，可"代酱豉"；二是有意应季大量采购，做成油鸡枞作为野生菌落潮之后的小菜、零食，或者米线、面条的浇帽。古时以第一种情形居多，今时以第二种情形居多。此外，今天云南的不少商贸公司把鸡枞做成干货包装出售，便是《马龙州志》中所说的"咸而脯之"。

在另外一篇文章《昆明的吃食》中，汪曾祺先生说："鸡枞可称菌中之王。鸡枞的味道无法比方。不得已，可以说是'植物鸡'。味似鸡，而细嫩过之，入口无渣，甚滑，且有一股清香。如果用一个字形容鸡枞的口感，可以说是：腴。昆明是菌类之乡。除鸡枞外，干巴菌、牛肝菌、青头菌，都好吃。"

其实，鸡枞并不为"腴"，相反，它其实更像菌中的淑女，清秀甜绵，亭亭玉立，纤然不群，不是汪先生所述的菌王，称其为"菌后"更为合适，牛肝菌这些比它"腴"得多。鸡枞在曲靖还有另外一个特别的意思，就是人才的意思。比如谁家高考出了一个状元，谁家的子女从政升官，就会说谁家"出了一朵鸡枞"，但言语中不免掺杂了点点的醋味。对自己崇拜、亲近而又有所挑剔的友人，则常常嗔称为"草鸡枞"，就是二类鸡枞、冷门鸡枞、偏门鸡枞、非主流鸡枞的意思。

另外，汪老对云南野生菌的分布有一个误解，以为昆明地区有大量野生菌的生长分布，其实昆明只是当时最大的野生菌消费市场和集散中心，并不是野生菌的主产地。云南的野生菌，后来有有心人做了总结，主要分布在曲靖马龙、曲靖师宗菌子山、昆明宜良狗街、昆明寻甸河口、玉溪易门、楚雄南华、大理宾川鸡足山（冷菌）、红河石屏、迪庆香格里拉（松茸）、丽江宁蒗（虎掌菌）等地，其中的宜良、寻甸两地原属曲靖辖区，这么算来，昆明的野生菌分布并不算广泛。近年来，有的地方政府甚至把野生菌作为产业来打造，楚雄南华就每年举办声势浩大的野生菌交易节。然而，少不等于没有，在云南，只要有山川树林，有阳光雨水，就有野生菌，只是分布太多，骄傲的云南人就要多中选优，偏要争个多寡，显示自己所占的山头最有灵气。这也是云南人的自豪。然而也有例外，在植物王国的西双版纳，野生菌却并非主流，菜市和餐馆所见并不多。多年前在南糯山买了一袋鸡枞，价格非常便宜，仅为曲靖昆明的五分之一，拿到餐馆加工成鸡枞汤，菌味很淡，水味偏重，无可称道。在西双版纳餐馆常见的是一种大红菌，但这种菌如果产自曲靖的山林则为毒菌，不可食用。这就是菌的奇妙之处。究其原因，主要是因为西双版纳系热带雨林气候，高温、多雨、湿度大、紫外线弱，多雨、多湿、少阳、林深导致了这块土地上的菌味不是很足，所以即使餐厅有售，也并不受欢迎。

采菌，在曲靖是一种社交行为，每年到了出菌时节，家人、友人便会集体相约，到附近的山林中，以菌为名，交流感情。某年夏季，诗人于坚受马龙官方的邀请出行，一群云南文化精英作陪，会见结束后艾泥挑了附近的一座小山闲游。时值采菌季节，出身当地的艾泥极为有心，给每人发放一个塑料袋倡议大家山上采菌，体验山野之乐。于坚把塑料袋一撂，对艾泥嗔怒道："你发塑料袋是让我进超市吗？！"一众笑开。诗人叫人从车上拿了个气垫，兀自用打气筒费力地加气，边加边喘，好不容易加足后郑重其事地戴上墨镜，四仰八叉地躺在垫子上，叫人给他拍照，心满意足地说："你们去超市吧，我要跟大地在一起。"一众又笑开而散。在更早的某年夏季，我和当时报社的一干同事一同到陆良看望一位在当地任职的兄长，这位兄长带我们到芳华一个水库旁的小山说是采菌，照例人手一个塑料袋，上山，没几分钟便像打了败仗的散兵游勇从林子里逃了出来，人人空手而还。在水库边休息的时候，正好来了两个少年，一问，是姐弟俩，正在上初中，一个在县城一个在乡下，大哥马上掏钱买下了他们竹篮里的全部菌，菌没多少，但付了数倍的钱。后来了解得知他们家境困难，采菌是为了凑学费，同行的小大姐返回后很快发起倡议捐款资助姐弟二人，直到高中毕业。多年后，这位兄长和小大姐先后离世，每念及此，常叹命运无常，也更添若干怀念之情。我们之间、我们和这两个少年之间，因采菌而起的缘分和记忆，竟是如此的神奇和深刻。

马龙的菌，以量多质优、品种多样、做法独特而知名。比如鸡枞，在马龙的做法就与别处不同。曲靖的罗平也盛产鸡枞，做法多以清汤勾芡、青椒素炒为主。马龙则另辟蹊径，把鸡枞撕成细丝长条，再把小瓜（西葫芦）切成细丝同烩或同煮，清香带甜、鲜嫩丝柔，实为菌中之极，堪称一绝。此外，还有牛肝菌。别处的牛肝菌，都强调突出它的原味、本味，多以干椒、蒜片爆炒，马龙的牛肝菌则大胆用力，在以干椒、蒜片猛火爆炒的基础上，加入本地腌菜勾芡加汤慢烩，待小火收汤汁至浓稠状时起锅装盘。菌香夹杂着腌菜之香，腌菜之酸调出了最深的菌香，菌香包裹了腌菜之酸，香酸合璧，另成一章，大开口界。以此下饭，顿觉饭也不同往昔，格外香艳。

与马龙的酸菜牛肝菌一样大胆的，还有沿江的酱水青头菌，两者做法大致相似。沿江素有好酱，到了吃菌季节，挑出青头菌骨朵（未长开成伞的），以沿江老酱、蒜瓣爆炒至断生或八九成熟，再勾芡加汤慢烩，待小火收汁再加入皱皮椒、芹菜起锅。酱香浓郁，菌香从酱香中脱颖而出，拨开酱香的最深处便是菌香，因为酱味浓厚，菌香因此掩得更深，已藏至酱的末端，因而也更珍稀，吃出菌味的时候有点千金拨四两的感觉，加之色泽红艳，令人大饱口眼之福。

如前所述，云南之菌，并不仅存于既定之地。曲靖陆良，虽然没有在野生菌的官方版图之列，但在当地人眼中，陆良才是野生菌的正宗，对别处的菌，他们常常不屑一顾：哼。陆良小百户多山多林，这里盛产野生菌，可称陆良的代表。每个不起眼的小地方，都可能是野生菌的大千世界，这就是云南。小百户的菌馆，一家挨着一家，集中在集镇中心的街边，一字排开，散发着质朴的壮观。小百户的吃法，又跟别处不一样。一二十种菌，都用热水焯到半熟，整齐地摆放在架子上。客人到店，现场手指点菜，人还未完全落座，菜已经开始上桌了。这是我所见云南现炒野生菌上菜最快的地方。野生菌中毒，排在第一位的原因就是没有炒熟煮透，故而一般的餐馆都要猛火长炒，所以耗时较久。而小百户的烹饪方式，完全把野生菌做成了即食食品，一直没有发生过安全事故。当然，云南的野生菌大多易炒易食，并且食用种类已经深入人心，并无太多潜在风险。这样的做法，虽然安全放心，迅捷高效，但菌中的野味，也因一道前水所袭，多少也有些损耗，此为遗憾。

菌

曲靖人已牢牢掌握了野生菌的生长规律，以此为职业的人，看天象采菌甚至比爱人的预产期还掐得准。

野生菌不仅可炒、可烩、可煮，还可烧烤，又是另外的吃头。夏季的晚上，烧烤摊上一坐，要上几盘青头菌骨朵，放在炭火上慢慢炙烤，几分钟后，骨朵中间汁水初现，轻轻撒上几粒盐巴，除此之外，什么也不放，待菌骨朵完全烤透，慢慢拣起，轻轻吮吸，味蕾尽头，仿佛把整个山林的野味都带了进去，真如汪先生所说"无法比方"，然后再把菌骨朵吞进去，鲜香余处，还留着烟火气，大感痛快。

对比直炒，菌火锅则是奢侈的消费。做警察的大哥老王，性情，大气。逢他请客，必是野生菌火锅。一家名叫"森源野生菌火锅"的店家，就是他的"菌窝子"。这家菌火锅，一年四季都在卖菌。应季时节，就吃新鲜的，过了季节，则只能吃冰冻的。虽然失鲜，但菌味犹存。每次吃菌，都是一锅土鸡汤底，主菌至少五六道，青头菌、牛肝菌、鸡油菌、铜绿菌、奶浆菌、竹荪、鸡枞，真是豪放。每桌旁边都会站着一位女孩子，按规定先下哪种再下哪种，每种几分钟，都有准确计时，中间不准随便乱动锅盖，时间一到，女孩子揭开锅盖等分奉食。每次于此吃菌，到最后都是腹饱满满，锅可见底，饭毕总感觉仿佛是王大哥召集我们提前过了个年。后来，王大哥也上了年岁，不大出门活动了，"过年"也不经常了。

这是纯粹的菌火锅，还有另外一种火锅——羊肉菌火锅，就是在羊肉吃到尾声的时候，再把菌倒进去，两种山珍的交融，又产生了另外一种既不是羊又不是菌，既是羊又是菌的第三种味道。这里的菌多用青头菌，羊肉的浓香激出了青头菌的清香，动物与植物的融合，让两种食物仿佛重新复活，又有了另外的生命。一碗菌，半碗汤，几坨肉，人生不过如此。

迪庆多产优质松茸。多年前和一位朋友去稻城，途经中甸，公路沿线看到很多官方关于松茸的收购标准和警示宣传。当地人介绍，这里原本是优质松茸的主产地，品质优良的松茸均出口日本，大受欢迎。先期，松茸出口较为正常，但后期由于受利益驱动，不少村民或出口商在断裂的松茸之间插入牙签，蒙混过关。更有甚者，则直接插入钢钉或钢丝以增加重量。后来，日本方面停止了对迪庆松茸的进口，政府部门因此出手救市，情况才得以扭转。由于迪庆的松茸声名在外，质优价高，近年来，吸引了邻近四川南部的部分商人蜂拥而至，把当地的松茸拿来冒充迪庆的松茸出售，鱼目混珠，以求高价。一朵好菌就这样被做烂了。人类的欲望就是这样，它可以轻易地摧毁任何无辜的生物，让这个生物从人类的朋友变为公敌。还有的地方，因为看到了野生菌带来的极大利益，搞起了"圈地运动"：把野生菌的盛产区域圈起来，然后面向社会公开拍卖所谓的"采菌权"，致使菌价高涨，最后获利的只是少部分人。原本飞入寻常百姓家的常物，现在成了权贵阶层的盘中物了。此举引起了较强的示范效应，据说好多地方纷纷前去考察，欲做推广。现在的野生菌市场，基本是一年一个价，应季而涨，普通人纷纷感叹吃不起了。

野生菌之毒，不可小觑，最普遍的结果就是对神经中枢的伤害。野生菌的中毒史，既有死人的悲剧，也有险中带谐的轻喜剧。

有对夫妇买了一辆中巴客车，平日一起结伴跑长途。一起吃见手青中毒后，夫妇二人脱去外衣，从室内一直扭打到室外的楼道里。筋疲力尽后，夫妇二人从家里拿出若干百元大钞，大方地撒在楼道里，视金钱如粪土。还有一位朋友，吃见手青中毒后，自封为太后，每天要求家人向她请安，礼仪稍有不合便要求重来，家人只有全力配合，持续有半月之久。经此一役，家人的传统礼仪修养居然提升了一大截。另有一友，自从菌毒附体后，逢人就要帮人做透视，说是能清晰地看透人的五脏六腑，还要耐心地告诉人家哪个器官出问题了。菌毒之伤，不胜枚举，可谓一部现代版的《笑林广记》。所见所听，因为怕死，所以我的吃菌人生十分单调：青头菌、牛肝菌、干巴菌、鸡枞、鸡油菌，差不多够了。在饭桌上，但凡有人劝我吃见手青的，我总以为他是对我动了杀机的。如果还要邀请专门吃见手青的，我一定以为他是赤裸裸的有计划的谋杀了。每年的吃菌季节，医院的急诊室也比平常格外忙碌，各种人生的悲欢险要，大概一年的无限风光，都在抢救室了。所以，在曲靖，朋友间吃菌前经常会互相调侃"小心抓小人"，然后照样慷慨赴宴，以身试毒，视死如归，百折不挠，前仆后继。

既然吃不起真菌，假菌便应运而生。每年的年货街，有不少商贩打着鸡枞旗号贩卖油鸡枞。其实大多数油鸡枞都是假的，多半系用人工菌冒充，价格倒也不高，因此行情尚好，但权贵阶层是不会到年货街买这样的鸡枞的。卖的人信誓旦旦，买的人也不说破，大家心照不宣，一分钱一分货，就当它是鸡枞吧，吃个自我安慰。

只要心中有鸡枞，满眼皆是鸡枞。

尽管如此，每年的夏季，都会盼望菌季早点到来，不仅可以采菌、吃菌，更会在这个时节想起故人。

2021/03/05 改

陆良米线

米线，在云南称米线，中国其他地区称米粉。对比米粉，"线"是更准确的表达。"粉"给人一种混沌不分的感觉，如面粉、白粉，婴儿吃的米粉，而"线"则给人一种千丝万缕的想象空间。米线是射线，像丝绸厂缫丝车间里的一枚蚕茧，从一头出发，到无尽时结束。

米线的起源，据说最早在南北朝或者更早的烹饪专著《食次》里有记载，但《食次》原书已经佚失，其中的内容只能由其他古籍的旁证而获得。如在《齐民要术》中，明确标明引自《食次》的肴馔有熊蒸、苞、粲、煮等，其中的"粲"就是米线。又因其杂如线麻，纠集缠绕，又称"乱积"。至宋代，米线又称"米缆"，已有干制工艺，洁白光亮，细如丝线。宋高宗时期"淮南夫子"陈造在《江湖长翁诗钞·旅馆三适》中曰："粉之且缕之，一缕百尺缰。"明清之时，米线又称作"米糷"，音烂。其制法记有两种，从记载来看，应为早期的酸浆及干浆米线。如今云南的米线制作，大抵也是如此两法，只是制作上更现代化了。米线的不同称谓，正好表达了不同时代古人对米线质感的不同理解。即使典籍记录如此，但还是没有人能找到米线的真正起源。其实，米线永远不是先于生活而存在于典籍之中，它当然地起源于锅灶之上，起源于某个农妇的手掌之间，起源于热气腾腾的生活中。

云南的米线在全国独树一帜，汪曾祺吃过，沈从文吃过，林徽因吃过，朱自清吃过，闻一多吃过，来过云南的大师都吃过。汪曾祺先生曾经详细写过昆明的米线，有小锅米线、焖鸡米线、爨肉米线、鳝鱼米线、叶子米线、炽肉米线、羊血米线、凉米线、干烧米线以及驰名远近的过桥米线。其中写到爨肉米线时，汪先生说："云南人把荤菜分为两类，大块炖猪肉以及鸡鸭牛羊肉，谓之'大荤'，炒蔬菜而加一点肉丝或肉末，谓之'爨荤'。'爨荤'者零碎肉也。爨肉米线的名称也许是这样引申出来的。"

陆良米线与汪曾祺先生笔下的昆明米线不一样。昆明的米线，名目花样繁多，这是因为昆明作为省会城市，和当时的战时大后方，一是汇聚了四面八方的人流，需要迎合四面八方的口味；二是昆明的米线要在激烈的市场竞争中赢得一席之地，不能不出奇招，来应对市场竞争。而陆良米线却显得很从容，像是米线世界的世外桃源，它仅以汪先生所言的"爨肉米线"为代表，简单明了，开门见山，绕开了许多的花架子和形式主义，绕开了理论和空谈，陆良米线是经验主义，是实用主义。

陆良作为群山之中突然出现的一片净土，很少被历史洪流打扰和战火裹挟，因此它的人民显得悠然自得。陆良米线作为平民小吃，它没有随着历史事件进入过官方典籍，它甚至没有进入民俗学的记载。民俗学是远离大地的东西，它只热衷于记载满汉全系那样的入宫菜系。民俗学记载的东西只进入档案，陈列于馆阁中，供人查阅，祭悼，追忆，炫耀，演绎。米线作为陆良主流的大众小吃，它没有过多的矫饰，直接进入百姓的生活，直接开进他们的胃。正是由于政治的边缘化，陆良一直保持着一种自然而然的状态，它仿佛在时代之外，不紧不慢。在这块土地上生息的人们更加从容，想吃吃想喝喝，使得他们有一种慢的生活哲学，可以慢慢地捯饬自己的生活。

陆良作为云南最大的平原，虽然边远，但在历代的版图上，不同的王朝还是给了它不一样的名字：同劳，同乐，陆梁，六凉，陆凉。在民国时期由"陆凉""六凉"更名为"陆良"，发起这个更名动议的据说是一名留学日本的教育先行者牛星辉。向当局要求一个好听的名称，好比把小名"狗剩"改成大名"富贵"，这不是对名字的革新，这是对生活的革新，也是民众向民主、文明迈进的自我觉醒和内在要求，标志着那时的民众已经有了最初的品牌、地理意识，审美意识和参政意识，自此这块土地由"荒凉的陆地"变成了"优良的陆地"。中华人民共和国成立后，陆良像中国大地上的许多城市一样，有水有坝子的地方都喜欢称作"鱼米之乡"，其实，这里的米更比鱼多。因为有盛米之便，因此，这里的米线更有得天独厚的优势，在其他地方还在无米下锅时，陆良可以从容地做起大米的文章。陆良的米线不是其他米线的组成部分，它自成一派，不攀比，不攀附，遗世独立，人们骄傲地称它为"陆良米线"。陆良米线的"线头"，就是云南第一大平原上的大米，它有源头，没有尽头。

与其他地方的米线不同，陆良米线从开始就自成一体，不为所谓的标准所左右，也不跟随标准摇摆，时日一久，陆良米线形成了自己的标准，这个标准就是陆良米线的五大法宝：米线、帽子、卤水、汤底、油辣椒。

陆良米线之所以自成一家，其一，是由陆良这个滇东大粮仓来加持打底的。由于良田万顷、沃水千里，稻米量足质优，可以直接从大地走进作坊，大米就成了米线，从而保证了米线的品质上乘。其二，由于气候温和、四季如春，既可加工发酵的酸浆米线，也可加工不发酵直接糊化的干浆米线，从而保证了米线的适应度。陆良米线不叫酸浆或干浆米线，陆良的米线叫生米线和软米线，简单明了，通俗易懂。生米线接近干浆米线，多用来煮食，软米线接近酸浆米线，多用来凉拌。在云南的热带地区如西双版纳、德宏、红河、文山等地，米线多以干浆为主且细若游丝，很少见到酸浆米线。而对于我们这些恒低温地区的人，总感觉那样的米线是粉丝，做凉菜伴侣可以，主食就不行了。主食还得是粗粗的生米线，保留着大米的清香，甘鲜，滑润，筋道，一筷子下去，便是满满的一口。其三，米线新鲜度的另外一个保证，是陆良平坦的地势，可以快速运输。大米从田间地头到达加工厂，可以很快。米线从加工厂到餐馆，也可以很快。你要酸浆也行，你要干浆也行，反正一马平川的大地上，送什么都快。陆良是个消极的城市，他们很快地吃完一碗米线之后，就要开始他们的慢了。米线得快，生活得慢。

近30年来，说到陆良米线，怎么样也绕不开的就是"黄金娣米线"，直接以姓名为店名，朴素中透着霸气，女性中透着女权。这个米线店，算得上陆良的一张地方名片。它就是汪曾祺所说的"爨肉米线"那一类。其实，准确说来，它不是"爨肉"，应写作"氽肉"。虽然俩字发音相同，都念 cuɑn，但爨是烧火做饭的意思，而氽是指一种烹饪方法，就是把食物放在开水里稍微一煮的意思。相较而言，氽字更为准确，因为陆良米线的"帽子"（昆明叫"罩帽"，更多地方是叫"绍子"或"浇头"）有一种就是氽肉。它是把肥瘦相间的猪后腿肉剁碎后放调料腌制片刻，然后以新鲜的猪油直炒至断生转熟，然后加上筒子骨汤微煮片刻使之浸泡入味，即可备用。这样的氽肉汁鲜肉嫩，汤色明亮，醋浓油郁，米线烫好之后放上佐料，最后舀一勺氽肉浇上，水嫩可口，满口生香，肉味一日不绝。在陆良当地的农村，每当年关杀猪的时候，主人都会从乡街上称回几斤米线，让掌勺的大厨弄一大钵氽肉，米线烫得热热的，舀上一勺刚刚做好的原汤氽肉，那种味道没有人能抵挡得住，基本上都是连汤带水地喝个碗底朝天。在很长时间内，我对年的概念，就是一碗氽肉米线。再到后来，陆良的农村每逢婚丧嫁娶时，前来帮忙的乡邻的夜宵就是氽肉米线，成了工作人员的标配。这或许就是陆良米线的起源，有米有肉，有爱吃的人和会吃的习惯，陆良米线就这样产生了，并流传不息。黄金娣米线的氽肉就是一绝，鲜嫩得宜，肉水一色，一直替陆良人保留着故乡的味道。米线店虽然开在县城里，但氽肉还在，跟乡村的味道一样，他们搬运进城的是故乡记忆，故乡并没有退去。氽，在陆良的发音中，不念cuan，而念can，音参，给锅里参（掺）点汤，氽、爨、参、掺同音。所以，汪老所谓的爨肉米线，其实应该是氽肉米线。当然，陆良本是南中大佬爨氏的辖地，把汪老的爨肉米线说成"爨乡的氽肉米线"又何尝不可？某一年，陆良举办沙雕节的时候，央视某知名主持人不知笔画繁多的"爨"该怎么念，就请教当地旅游部门的工作人员，由于陆良话的爨字发音不带撮口，把cuan教成了can，弄得主持人一上台就把"爨乡"念成了"灿乡"，倒成了经典的记忆。cuan还是can，这无关紧要，作为一名外地来客，当你抬起陆良米线时，你只要能说出这是can肉米线，你就正式入籍了。

黄金娣米线的帽子，除了氽肉，还有鲜切卤肉。卤肉也是挑上好的后腿肉，经过卤制后放凉备用，现需现切，不一次切完，以免完全切片后肉变干、变黑、变翘，形色尽失，肉还得让它在肉的身上，肉肉不分。切肉的是一把几近半圆形的老式菜刀，不难想象这把菜刀到底切下了几吨肉，为主人立下了多少汗马功劳，伺候了多少陆良人的胃。这把刀不像其他菜刀一律闪着寒光，这把菜刀贴近肉的时候暖暖的，不见刀锋，只见时光。切肉是技艺的考验，刀功不好的人是不会被安排到这个位置上的，这关系到成本的控制、出品的质量、顾客的体验等等，这里多半是掌柜的近亲或直亲。切肉时，

米线

陆良米线从开始就自成一体，不为所谓的标准左右，也不跟随标准摇摆。

刀至肉落，肉片飞舞，薄如蝉衣，眼花缭乱，一眨眼就是一小堆。形状相对规则的肉，看上去是切，不规则的肉就像削，左手不停滚动肉块，右手择棱而削，切削随时转化，亦切亦削、切中有削、削中带切。掌刀人的刀和肉的交会，不比机器慢，比机器更好看。切好的肉，用一个小篮子装好放在台子下面，用完一堆，再从篮子里抓出一堆，像变魔术一样，篮子就是肉的仓库。肉片必须薄，薄得可见灯影，这虽有成本的考虑，但更多是口感的要求，肉片太厚，吃起来就柴；肉片太多，就喧宾夺主，抢了米线的风头，腻了胃口。食客吃米线，帽子有要氽肉的，有要卤肉的，陆良人叫"片片肉"，还有两样都要的。但地道的陆良人，一般都会叫"大碗加帽"，在标配的基础上，米线、氽肉、卤肉都要加，这才够味，够地道。要吃出吃一碗管一年的酣畅来。在陆良人的生活中，陆良的米线是拿来当饭吃的，早点，午饭，晌午，晚饭，统统管。

除了肉帽，陆良米线的玄机，还在卤水和油辣椒上。陆良米线不直接使用酱油调味，那多没意思，简单粗糙，那是酱油的味道，不是陆良米线的味道。卤水是以卤肉的老卤汤作底，加入草果、八角等各种草本调料和酱油熬制而成。这使得米线的味道保持了一定的稳定性和延续性，卤肉和卤水一脉相承，经过锅中短暂的分离后又再次在碗中相遇，但这次的相遇与上回不同，彼此既各自完善又互相成全。卤水也是一门技术活，不能太咸，咸则烧口，喧宾夺主，抢了汤的风头；也不宜太淡，淡则不能提味增香，势单力薄，无法左右味觉走向，最终沦为臣妾主义。油辣椒，也是陆良米线的关键之一，陆良人喜欢称它为油辣子，做油辣椒的辣椒面要选粗、细两种，不能偏粗偏细，粗则嫌糙，不能出味，细则嫌腻，容易焦煳，也不能过辣过淡，过辣暴口，过淡无味。炼油辣椒时，最要紧的就是火候油温。先放花椒爆香，然后将花椒捞起，待油温升高后先将粗辣椒面倒入搅拌，再倒入细辣椒面混合搅拌，这个环节油温控制非常关键，辣椒面将煳未煳，要煳不煳，焦煳参半方为最佳，这个时候辣椒中的辣椒素得以充分释放，香辣俱出，百味可调。曾有人评价说，不放油辣椒的陆良米线不叫陆良米线，足见油辣椒的分量。黄家的油辣椒不辣不糙，油是晶莹透亮，红光满面，椒是焦香扑鼻，辣味尽出，入口先有微呛，紧接着就平和下来，迅速和口舌达成和谐，香辣得适，老少皆宜。吃过一半，米线沉入碗底，碗面一片金黄红艳，热烈似火。米线、汤汁、卤水、肉帽、辣椒、调料已充分融合，像是短时间内完成的腌制和化合，一口之中，滋味尽出，风味无边。

陆良米线的法宝，都不是直接来自食材的简单组合拼凑，都是来自千锤百炼的手上功夫，看似简单，实则机关重重，一汤一水之间，一丝一缕之间，已是千山万水，万水千山。米线，自己做；肉帽，自己调；卤水，自己调；辣椒，自己调；汤底，自己调，直到众口一词，万人一味。

据说，黄家的前人曾经给当时驻扎在陆良机场援华抗日的飞虎队做过饭，因此修炼出了这样的厨艺，到今天坊间还有陈纳德与陆良米线的传说故事。一直以来，黄家米线的各色调味料都是由黄家人亲自调制烹配，调制是秘密进行的，要避开员工和生人。我不确定此说是否为真，但黄家米线的机关不仅在于它掌握了厨房的秘诀，更在于它掌握了陆良这片土地的习性。它掌握着这片土地上的出产，掌握着这片土地上生长的人们的胃和味。在这个小城还没有醒来的时候，黄金娣米线的全部秘密已在黎明前的厨房中轻松完成。当开门迎来第一个食客的时候，陆良米线的秘密已全部盛在了一个普通的陶瓷碗之中，低调中显着几十年的张扬。吃一口，还能回到三十年前。毕竟，现在能带你回到从前的东西不多了。

事实上，追究陆良米线的技艺、配方，本身就是徒劳的，因为一千个人就有一千碗陆良米线，每个人心中都有一碗不同的陆良米线，就好比一个国家再强大也没办法统一每一块舌头。因此，人群中也有不爱吃陆良米线的。几年前曾经有一位外地女诗人朋友，吃了几口就放下筷子，问她原因，她说"味重"，我说这是"料足"。想头晚，味再重的白酒她也是畅饮淋漓的。

还听说，曾经有不少投资者想斥资把陆良米线品牌化、连锁化，但都被黄家拒绝了。这些年，在曲靖、昆明甚至外地，都经常看得到以"陆良米线"命名的各色店铺，但多为外地人所为。懂行的人不用端起碗来吃一口，单是看一眼灶台上的摆布，就看出了距离，只得仿佛，不能神似。这是他们自己的陆良米线，不是陆良的陆良米线，远离了陆良大地，就远离了陆良米线。对陆良人来说，陆良米线不是品牌，是生活，是日常，是口舌之欲，是陆良人的生活观。也许正是因为这样的独立性，当然你也可以说是封闭性，陆良米线才得以独善其身。当陆良米线走出陆良时，陆良米线或将死亡，因为那时的陆良米线，已经不是米线了，是看不见的手，是资本，是旅游商品，是米线之外的米线，就好比我们现在随处可见的过桥米线，此桥已非彼桥，这桥已过不去了。

故乡远去，米线尚存。接续我们故乡记忆的，最后也许只剩下这碗中的食物。

几年前的一天，闻听黄金娣女士逝去，不免惋惜，作为一位民间工商业者的代表，以普通的一碗小吃食，为陆良大地赢得了一张耀眼的文化名片，而她却没有得到过像样的半纸奖状，这也许是民间商业人士的宿命吧。虽然墙上没有半纸奖状，但四面八方潮水般涌进店面的脚步也许就是对她最忠诚的奖赏。好在，斯人虽逝，米线犹存，且黄氏米线多店开花，味道尚在，也算安慰。

2018/01/08

2021/02/18 改

卤　面

　　卤面，北方叫打卤面，是由各种配料做成卤汤与面条混合食用的地方传统风味小吃。卤面最大的特点是打卤，也叫作卤子。卤子有荤有素，做好卤子后放进白水煮好的面条里充分搅拌，就称卤面，南北方少数民族均喜食。赵本山在春晚小品《不差钱》里所说的苏格兰打卤面"卤不要钱"说的就是北方的卤面，南方则以漳州卤面为代表，其卤子多用高汤勾芡加鱿鱼、干贝等制成。

　　曲靖的卤面，其实并不打卤，准确地说，应该叫捞面更合适。捞面也是一种特色传统面食，据传已有上千年的历史，在汉族地区广为流行。捞面是指把面条沥干水分后加上酱料搅拌后食用的面食，广东人也称拌面为捞面。捞，多是指从滚水中将面条捞出。而至于曲靖为什么叫捞面为卤面，也可能是南北结合的产物，北方人喜面食，南方人喜干捞，折中演变，保留北方卤习，兼顾南方捞食，便逐渐形成曲靖式的卤面。

曲靖有山地有坝子，山地种小麦坝子种大米，但主食以大米为主，小麦更多是辅食。大米短缺的年代，吃几天米再换一顿面，或者煮饭的时候掺上些面，称为杂粮饭，才接得上次年的秋收，现在有些杀猪饭、农家乐餐馆还多有沿袭。大米充裕的年代，也要上点面食，以示粮食丰富，五谷丰登。在曲靖，面条多作为早点食用。但面条很少作为独立的早点项目经营，它主要依附于米线、饵丝而存在。专门的面店经营者多为川渝及北方籍，虽主营面条，但也不得不兼营米线、饵丝，方能站稳脚跟。饵丝、米线、面条，构成了曲靖早点的三驾马车。

曲靖的卤面，选用的是活面，活面含有一定的水分，以保证其鲜，并不易断裂。面条下滚水中煮大约3分钟，至软硬适中后捞起，但也有顾客要求偏硬偏软的，无非从时间长短上来把握。卤面的配料，跟饵丝的差不了多少。一样的帽子：将油烧热，放入草果、八角爆香后，用猪前腿剁成的肉末煸炒，再放入姜末、越州老酱翻炒后出锅，是为杂酱，作为帽子（也叫罩帽、浇头）。一样地放入葱花、韭菜段、酸腌菜、拓东甜酱油、油辣椒、花椒粉等配料。面质要滑润劲道，柔中有刚；味要调至咸、甜、香、辣适中，一筷入口，满嘴乾坤。曲靖卤面的卤，没有卤子，就是靠特制的甜酱油调色、调味、调相，色要调至褐中带黄，黄中透亮，就算卤了，卤在碗中。吃卤面还有个重要的细节，就是要迅速拌匀，让各色调料快速全面入味。就如李渔所说，"调和诸物，尽归于面"，所有调料的作用，都必须发挥到面中。卤面还讲究水分控制，起锅时面一定要沥干水分，一是不易融稠起坨，二则搅拌起来才有卤相，否则味道会被稀释，卤相全无，且满口水味。注意细节的店家还会亲自帮你拌匀，避免起坨粘黏，影响口感和观感。近年来外卖大行其道，凡外卖的卤面，店家一般都会拌匀后再装盒，为的也是保证品质。

大富贵的卤面当属代表。大富贵多年来坚持用传统土灶，以煤炭作燃料，这让我想起威士忌。苏格兰威士忌最传统的蒸馏方式是直火加热蒸馏，但在 20 世纪五六十年代，威士忌生产开始现代化，绝大部分苏格兰酒厂都将加热方式改成了更节能、更安全也更易操作的蒸汽加热蒸馏，而作为威士忌学生的日本却还有几家蒸馏厂保留着直火蒸馏的工艺。直火蒸馏的威士忌虽然火候控制不如蒸汽稳定，但直火蒸馏会让蒸馏器内产生一种类似"锅巴"一样的东西，为原酒额外加香，因此获得了较为独特的风味和口感。而大富贵的土灶，就有点类似直火蒸馏，使小吃获得了特别的风味。

除了土灶加热外，大富贵的卤面较之其他店面更为轻薄柔软，但又柔中带韧，像是面中之士，柔而有节，而多数店面的面条则直来直去，魁梧硬板，像是面中武将。另外，大富贵的杂酱也值得称道，肉末剁得很细，酱料也给得很足，直火煸炒得浓郁入味，肉末仿佛已不是肉末，酱在肉中，肉也已化成了酱。浇到面上，徐徐散开，沙沙糯糯，不用费力搅拌，面条已染得条条金黄、缕缕灿烂。值得一提的是，大富贵的创始人如今已是八十高龄的老太太，依然天天坐镇店面，食客只要看到有老太太镇守，就放心了，仿佛一尊活着的门神，有她，什么都有保证。一些渣精（方言，不好对付）的食客常被老太太训得乖乖乎乎，老老实实，不作声张，成为店面一景。

店面自然都以活面为主，家庭则都以干面条为主，因而曲靖的不少乡间还保留着干面条制作的传统。某年到古城会泽，无意进入江西会馆附近的一个老宅，院子里面的木架上挂满了晾晒待干的面条，一层一层，像一道道帘子，面帘后面，一位男子不紧不慢地从半自动化的机器下取下轧好的面皮，摆正，切成细条，然后交给一位妇女，大概是他的妻子。这位妇女把切好的活面拿到院子里，朝着空余的木架，甩向天空，像是甩下一道面的瀑布，挂好、垂下、随风轻摆，等着太阳露面。院子里，散发着古老的香味。屋内，男子的老式机器咿呀咿呀作响，仿佛永远不会加速，也不会停下。

如果曲靖的卤面就是捞面、拌面，那么曲靖的凉拌面也值得一试。凉面以西门老街上的郑凉粉为代表。相隔不远处，还有一家郑记凉粉，多了一个"记"字，据说是郑氏姐妹。郑凉粉创始于民国二十八年，主要以凉粉名。特别夏天一到，天天门庭若市，接待的都是些从这条街上走出去的街坊及后代、找上门的老主顾，还有慕名而来的新生代食客。说是门庭，其实老街上的店面也不大，上百年的老屋子，逼仄，狭小，总共也就五六张桌子，一张挨着一张。除凉粉外，郑凉粉的凉面、凉米线、凉卷粉、抓抓粉也同样受宠。郑凉粉的凉面不完全都是面，曲靖人吃凉面很少有单点面条的，几乎都要来个杂烩，加米线、加凉粉、加卷粉都可以，不限品种和数量，不过就是随手一抓的事，多多少少都行。"来碗凉面，加点凉粉，

卤面

可以从卤面吃到凉面，一碗凉面里又可以吃到四季五谷，这似乎就是曲靖的特性。

再加点卷粉、抓抓粉，凉粉多点，辣子少点，不要太辣了。"这到底算是一碗凉面、凉粉、凉米线还是凉什锦？那都不重要了。想要的都在碗里了。郑凉粉的佐料台就在门边，一个老式的玻璃罩下面，整齐有序地摆放着十多味调料，八十年的秘密和功夫就在这个玻璃罩下。郑凉粉的油辣椒和其他处不同，辣椒磨得很细，其状若豆沙，沙糯红艳，一大碗凉粉凉面，只要来一小坨，整碗就变得热烈奔放，像是获得了解放，使一碗冷静的凉面忽然有了温度。尝一口，面是凉的，但舌头已经热起来了，呼呼生风，像快要着起来的火，嘘嘘着吃完一碗，过瘾。

可以从卤面吃到凉面，一碗凉面里又可以吃到四季五谷，这似乎就是曲靖的特性，包容，开放，大气，不拘小节。大到火锅是一锅煮天下，小到一碗凉面也是一碗装春秋，什么都放进一个"空"里，空即满，一生二二生三三生万物，万物归一、归空，无就是有。

2021/03/04 改

饵块与饵丝

云南高山险峻，曲靖一马平川。好山好水好阳光，为曲靖带来了好大米。

大约 20 世纪 80 年代，考古工作者在曲靖市麒麟区珠街乡陡山发现了炭化稻化石，经检测，炭化稻化石距今约为 3125 年 ±54 年（即公元前 1175±54 年）。在滇东北地区首次发现炭化稻，为稻作起源于云南提供了有力的证据。这标志着，在新石器时代中晚期，曲靖已从先前的游牧社会过渡到了定居的农业社会。在此之前，一般认为，曲靖彼时的先民主要以游牧、采集、渔猎为主要的生活方式。水稻的驯化，加速了古代曲靖人类社会的发展，曲靖因此成了云贵高原上的"鱼米之乡"。水稻的驯化，也加速了曲靖的文明进程。文明就是吃饱了撑出来的东西，能吃饱，才让先人创造出了灿烂的文明；能吃饱，才让历代统治者有底气把省治府治选定于此，朝代会变，但这块地不变，得靠它来维持统治的基业。

在鱼米之乡，不用愁无米之炊，大米多的是，计划供给时代，它被称作"口粮"，就是除去上缴的"公粮"后剩下的"余粮"部分。在农村，它是一种广泛使用的食物性货币，可以用来兑换各种生活必需品或副食品，卖麦芽糖的来了，拿米换；卖白酒的来了，拿米换；卖豆腐的来了，拿米换。只要不出村，大米无所不能，几乎成了一家人的软通货。实在换不了的，就人背车拉，拿到集市上卖成钱，比如学费。

在陆良，饵块是农家最重要的食物。饵块，就是用蒸熟的大米经过舂捣、揉制等工序后做成的扁圆状米制品。舂饵块对一个家庭来说，成了年关将近的信号，也是重要的食物储备活动。没有菜，就把大米加工成菜。那时生产队有一个半手工半机械的加工坊，每家每户把大米蒸熟以后，用箩筐挑到加工房，大家按顺序排队加工，生产队收取少量的加工费。我们的兴趣与家长不一样，他们在乎冬春之交的食物储备和菜品接替。算着节令，园子里有菜的，杀得起猪的，能接得上餐桌的，就少舂点。菜地少的，接不上趟的，杀不起猪的，就多舂点，既作主食，又作主菜。而我们的兴趣在于加工的尾声，缠着大人留点大米，让有手艺的师傅做成麻雀或其他造型的小动物，不精致，只有大概的轮廓，像出土的粗陶，但即便如此，也让我们足够开心，拿回家，舍不得吃，找个秘密的角落放两三天，实在留不住了，直到变干、开裂，才用炭火烤熟，焦黄起泡，小心翼翼地吃掉，像吃一只真正的小鸟一样，哄眼，哄嘴，哄心。

饵块与节令相关，只在年关生产。加工它的那台机器，一年只开动一次，其他时候，总让它闲着。

舂出来的饵块一筒约有一公斤重，饵块做好后拿回家，必须以干净的水没过顶泡起，否则易开裂破相，不堪食用，过一周左右换一次水，循环不断，要像养鱼一样养着，才能持久不坏。在陆良，饵块还是一种重要的社交食物或干粮。古人云"有仓促客无仓促的主人"，要想做不仓促的主人，就得多储备一点饵块。有客人亲戚来访，用红糖加甜白酒煮上一碗，叫糖水；用酥肉煮上一碗，叫粑粑丝（陆良方言饵块也叫粑粑）；正餐没有菜的时候，加腌肉炒上一碗，叫炒饵块；到田间地头干活时，切成片带着，饿了就就地生火烤了吃；晚上肚子饿，烧上几块，叫烧饵块，算是夜宵。饵块如此实用，实为首善之物。

小时候只有冬天才见的节令性食物，现在在菜市四季皆有，只不过都采用真空包装了，不用再担心储存的问题。偶尔买点回家食用，已经没有了当年的兴味，毕竟这不是与母亲和春节有关的食物了。

饵块在曲靖还有一种较为流行的吃法就是烧饵块。烧饵块最为知名的要数西门老街上的晏三美烧饵块。晏三美的饵块是用一个大大的焦炭火炉烤制，炉火熊熊，感觉永远不会熄灭。这边烤好后，用火钳夹住一丢，在空中划出一道漂亮的弧线，然后稳稳地落在两米开外的碟子中，不偏不倚，仿佛握在手中的不是火钳，是个遥控，一看就是多年的功力，曲靖人因此称其为"飞饵块"。它的调料也简单干脆，酱油、油辣椒、苏子芝麻粉、花生粉、白糖，就这么几种。先是酱油打个底，说是酱油，但肯定不是直接从瓶子里倒出来的那种，自然是经过秘制加工的，稠稠的，像蚝油。然后抹上一层油辣椒，再撒上一层黑色的苏子芝麻粉，一层花生粉，像个不会画画的梵高在涂颜料，再用木勺拓匀，满边，卷起来。那边的锅里炸着滚烫的油条，需要的，加上一根，用这张饵块的油画裹起来，装袋，走人。北牛巷的"玖玖玖烧饵块"与其他地方一层层上佐料不同，它先用液化气把饵块烤熟，铺在一个直径刚好的碟子里，掌握佐料的中年女子动作飞快，像架机床，这边眼睛还没看实在，那边已经全了：油辣椒、花椒油、香料汁、芝麻、花生粉、白糖一股脑地窝在饵块中央，像是准备包个大的饺子，然后再用木片搅匀、摊开、涂满、对折、装袋，一气呵成。这是曲靖为数不多的敢放花椒油的烧饵块，但丝毫吃不出花椒的麻来，就像那个麻已经躲进了舌头深处。

饵丝则是把饵块切成丝状，然后进行烹饪加工。北方人偏爱面食，南方人爱吃米饭，饵丝就是米面结合的产物。曲靖饵丝以蒸饵丝最为知名。饵丝在曲靖大行其道不知是从什么时候开始，有的地方学者认为是从明时汉族入滇以后开始出现的，但难以考证。毋庸置疑的是，饵丝原本是物资匮乏时代的稀罕物，后来逐渐演变成餐桌上的日常食物。

曲靖的饵丝很讲究。首先是切得讲究。切饵丝是一份力气加技术的活计。在没有切丝机器之前，切饵丝都是手工操作，既要手上出得了气力，又要会用巧力，不能硬碰硬，要以柔克刚，否则一筒饵块切下来，已是武功尽废。饵丝要切得均匀，不能粗也不能细，方便蒸透，也方便入口，因为米饵质硬，太粗的话不易消化，太细的话容易黏连。其次是蒸得讲究。蒸的时候要用熟菜籽油拌均匀，这样才不易成坨，丝丝分明，晶莹透亮。待蒸笼上汽后，将饵丝平铺在蒸笼内加盖密闭蒸三四分钟即可出锅，时间蒸不够，生硬；时间蒸得长，稀黏，必须刚刚好，才够软、糯，尽勾咀嚼。再次是佐料讲究。蒸饵丝的杂酱很关键。炒制杂酱的肉末要选用猪的前腿肉，前腿肉有肥有瘦，肉要磨得粗细匀称，炒制后才能油而不腻，和饵丝搅拌也才能丝丝入味。炒杂酱一般都是选用曲靖本地的越州老酱。越州老酱历史悠久，据传最早始于三国时期。老酱取材本土，工艺传统，用料考究，发酵时间长，酱香浓郁、香辣适口、余韵悠长,炒杂酱再合适不过。另外一个最重要的配方要数甜酱油，甜酱油几乎是各家的秘方、撒手锏、吃饭的家伙，一般都秘不示人。甜酱油看似寻常，但后面却藏着各家的看家本领，味道能不能站得住脚,就看这一勺酱油了。甜酱油大多选用昆明拓东甜酱油熬制，因为同一块土地上的物产最为亲近和熟悉，同一块舌头对同一块土地也最懂底细。饵丝和甜酱油，就是这块土地上的近亲和近邻，像熟人，见了面，点上烟，话题自然就到一起了。也有选用他处甜酱油的，为的是突个破，出个新，这就看各家对客人口味的把握了。各色佐料入碗后挑拌均匀，咸甜适中，一碗黄亮，未食先醉。吃饵丝，还有一样东西也要讲究，就是配汤。配汤要用猪筒子骨熬制，一般要于头晚连夜文火熬制，至次日便白如初乳，一碗饵丝下肚,

饵丝

　　曲靖的饵丝没有太过丰富的仪式，它简单、质朴、随意、坚固，精神全在岁月之间。

舀一碗汤，撒葱花其上，清香扑鼻，是为高汤。一口饵丝就口汤，浓香之后，便是清香，刚要沉沦，又被拯救，人间至味，此为其一。

曲靖吃饵丝的习俗由来已久，最开始发源于东门、西门等老街上，早期以北颖源较为知名，始于1985年。北颖源的蒸饵丝几乎所有的调料都坚持自己制作而不用外料。饵丝讲究柔韧，提前一夜就得把饵块浸泡后再切成细丝，这样吃起来既不硌生又有韧性。酱油也是按一定比例放入花椒、草果、白糖等调料精熬而成。酸菜多年来也坚持自己腌制，为的是组合成专属于自己的味道。曾经有一位昆明的朋友慕闻蒸饵丝大名，带到北颖源，秒吞一碗，不够，再来一碗，结果出门没走多远，便抱着大树哇哇作呕，边呕边说舍不得，亏了亏了。差不多同时代的还有大富贵。岁月如梭，当年的新秀现今已熬成老字号了。大富贵的饵丝香甜软糯，杂酱尤可称道。炒杂酱的肉磨得很细，酱深深地洇进肉中，藏得很深，肉在一来二去的烟火中也已变成了酱，油汪汪的一大盆，肉、酱难辨，看着就显功力。酸菜、酱油、韭菜各种调料盖顶，一勺杂酱上去，一个世界便形成了。拌匀，下肚，蒸饵丝就这样种在曲靖人的身体里了。再到后来又涌现出了靖晨园、老街饵丝、老三饵丝等多家连锁店面，遍布大街小巷，使蒸饵丝成为曲靖街头一景。其中靖晨园规模最大，学校门口有，医院门口有，车站门口有，广场有，公园有，大街有，小巷有。早上赶时间，吃一碗；中午不想做饭，吃一碗；晚上没有胃口，吃一碗；客人朋友来，吃一碗；亲戚家人来，吃一碗。不知不觉，靖晨园已经成为曲靖人的家庭食堂和校外食堂了，我的两个孩子，就是靖晨园喂大的一代，锁住心的，就是那一碗饵丝。说是不知不觉，耗尽的却是创始人高永芬的无数个摸黑的清晨，她是曲靖蒸饵丝的新生代代表、蒸饵丝品牌化的领军人物，也是那个起得比太阳早的人，是那个更早看见曲靖早晨的人。多年蓄势后，靖晨园正式入主昆明，开张多家分店，把曲靖味道送到云南腹地，在省会城市这块高地上插上了曲靖旗帜。这是曲靖对昆明最有底气的小吃品牌输出，靠的就是曲靖味三个字。不只老字号、连锁店，在曲靖，走进任何一家饵丝店，不论大小、新老，哪怕是背街小巷，都端得出一碗拿得出手的蒸饵丝，随便怎么吃都不会丢份，蒸饵丝仿佛是从曲靖人手上长出来的东西。

　　保山腾冲的饵丝也是云南的知名小吃，只不过腾冲饵丝以煮饵丝居多。腾冲的饵丝丝条较细，跟米线的吃法类似，先以沸水把饵丝烫熟变软，然后再加高汤、帽子、佐料。腾冲饵丝的佐料十分丰富，多的有二十来种，寻常也有十来种，如此丰富的佐料，为的是让每个人调出一碗属于自己的饵丝。除了煮饵丝，腾冲饵丝的烹饪方法还有不少，用高汤煮着吃的叫大加工，炒着吃的叫大救驾，烫着吃的叫滚锅饵丝，其中滚锅饵丝的吃法跟过桥米线类同。与滚锅饵丝吃法类似的，还有大理巍山的过江饵丝，最为有名的是古城里的"老王过江饵丝"。过江饵丝是由一碗清汤饵丝和一个料碗、几碟咸菜组成一套。清汤这碗是将饵丝初烫后再放入一碗筒子骨高汤，汤色青白剔透，粒粒葱花漂浮其上，像一块带翠的冰种玉璧。饵丝在高汤里保着温、增着香，稍许，便可一筷子一筷子地拣起来蘸着料碗吃，这就是过江，从高汤的江水过到了另外一个世界，也可以说是涉江。料碗是过江饵丝里的主角。料碗里有调料10多种，能看见的只是红油辣椒、芝麻、酱油、葱花等等，红彤彤的泛着光，料碗虽小，但乾坤颇大，荡开碗面的红油，在碗底是几乎炖成肉泥的㸆肉丝和肉皮，拣一箸饵丝进料碗一蘸，洁白的饵丝顿时穿上一件红艳的外衣，顺带裹上屡屡肉丝，像是从这一碗中接走了待娶的新娘，最后在嘴中入了洞房。肉丝多用肘子做成，㸆而不烂，像是被春熟了的植物。几年前在"老王过江饵丝"吃过一次，至今记忆犹新。很想再去一趟吃一碗过江饵丝，再看一眼不远处劫后余生"魁雄六诏"的拱辰楼。

饮食的流变、传播与人口的迁徙关系紧密，饵丝也是这样。唐天宝七年（748年），崛起于洱海的南诏消灭了南中（今曲靖一带）的爨氏政权，并从南中迁徙了20余万人口到永昌郡（今保山大理一带），唐樊绰所著《蛮书·名类四》记载："……阁罗凤遣昆川城使杨牟利围胁西爨。徙二十余万户于永昌城。……是后自曲靖州、石城、升麻川、昆川，南至龙和以来，荡然兵荒。日用子孙，今并在永昌城界内。"迁徙之途，军人拿着的是刀枪，平民拿在手中的自然是饭碗，战争是你们的事，我们只是要口饭吃，刀枪可以押解身体但不能押解生活，在曲靖吃什么就带着什么走，政权变了，但是我们的口味不变，这是我们最后的自由、仅存的自由。户口你们说了算，但是胃口我自己说了算，迁徙，不只是人的迁徙，也是口味的迁徙。人扎下根来，口味也扎下了根。今天是二十万，明天就是二十代了，血缘不改，口味不改。二十万户，足以形成坚固的、类型化的饮食习惯。所以今天保山、大理与曲靖保持着不少相同或接近的饮食习惯，源头即在这里。同样，南诏征服曲靖后，由南诏拓东节度使统治下的曲靖，在饮食上也不断交流融合，南诏的统治者带着南诏的口味去到曲靖，同时也从曲靖带回了被统治者的口味，口味面前，没有阶级，饮食之中，不分高下，只要是人，就得吃饭。诸如饵丝之类的平民小吃，应该就是在这样的人口迁徙中流动传播并弥漫开来，而饵丝们就是那一颗颗可以开花的种子。至于是从永昌传到曲靖还是从曲靖传到永昌，就显得并不重要了，因为生活没有疆界。

曲靖的饵丝没有太过丰富的仪式，它简单、质朴、随意、坚固，精神全在岁月之间。一碗之中，装满了古老。

2021/03/02 改

2021/11/17 再改

洋芋、土豆、马铃薯

外来农作物进入中国大致有三个高潮，一是张骞出使西域，二是唐时的丝绸之路，三是明末时期新大陆被发现，大量原产于美洲的农作物被殖民者带回到欧亚大陆，中国也在航海大发现时代得到一些物种，其中就有马铃薯。玉米、番薯、马铃薯这三种作物传入中国以后，在干旱地区和灌溉不便的山区广泛种植，使土地利用率大幅提高，同时也带来了人口的剧增。对比中国，欧洲是马铃薯先扎根的土地。原产自南美洲的马铃薯被带回欧洲后，成为欧洲诸国的重要粮食作物。苏格兰征服爱尔兰的过程中，受压迫少耕地被迫到贫瘠山地的爱尔兰人就以种植马铃薯为主，人口从1760年的150万人攀升至1841年的818万人。马铃薯对欧洲社会影响深远，但当时却被视作是贱民的食物，登不了大雅之堂。梵高的名作之一《吃土豆的人》反映的就是这样的现实，梵高说："我想强调，这些在灯下吃土豆的人，就是用他们这双伸向盘子的手挖掘土地的。因此，这幅作品描述的是体力劳动者，以及他们怎样老老实实地挣得自己的食物。"

无论中西，马铃薯都是重要的平民食物。

"洋芋学名马铃薯，山西、内蒙古叫山药，东北、河北叫土豆，上海叫洋山芋，云南叫洋芋。洋芋煮烂，捣碎，入花椒盐、葱花，于铁勺中按扁，放在油锅里炸片时，勺底洋芋微脆，粑粑即漂起，捞出，即可拈吃。这是小学生爱吃的零食，我这个大学生也爱吃。"这是汪曾祺先生描写的昆明的洋芋粑粑（云南方言，即洋芋饼）。其实，在好多云南人的三餐之中，这并不算是零食，而是正餐，没有洋芋不吃饭，洋芋几乎成了云南人血液中的一部分。

据餐饮分布规律判断，汪老所述的这个摊点八成就在学校周边。学校周边是最容易诞生美食的地方，据说闻名遐迩的"老干妈"就是诞生于学校周边。学校人流众多、口味多元，学生又是"花得要少，吃得要好"唯性价比论的群体，这就迫使店家必须要拿出真功夫才能立足。"学校周围，向来是饮食摊店集中之地，由来已久，南北无异。佳食并非只能出自名都、商市盛大的酒楼饭馆，小店小摊亦有不凡之作。"（唐振常《中国饮食文化散论》）我中学就读于陆良一中，著名的黄金娣米线就诞生于此，甚至某种程度可以说，是陆良一中成就了陆良米线。除了陆良米线，陆良一中还催生了另外一种小吃——炸洋芋，与陆良米线并驾齐驱，成为陆良的两张美食文化名片。类似的还有曲靖农校月饼、思茅二中鸡脚、玉溪师专鳝鱼米线等，最初都是缘起于学校，并最终驰名于云南。

陆良的炸洋芋最开始集中在陆良一中和文化小学周边，两所学校相邻而立。与其他地方不一样，陆良炸洋芋通常都是选用个头较大的山地黄心品种，早早地就削好皮，满满的几大桶一字排开在街边，泡在水中。每家店面大致都差不多这样的造型，一家挨着一家，一直排到街的尽头，整条街差不多都成洋芋街了。学生到店，店家拿出一个，划为四瓣，放入一个直径一米五左右的铸铁大锅中，鼓风机轰轰作响，炉火熊熊，大半锅清亮的香油，洋芋沸腾翻滚，一副小题大做的样子。我在其他地方从未见过这样的大锅，颇有云南第一大坝子的气势，坝子有多大锅就要用多大，感觉炸一个坝子都够。通常店家都会问你要焦一点还是脆一点，然后根据你的要求来控制火候，焦的坚硬挺括，每块洋芋上都呈现出金黄色的纹理，像一幅幅被显了影的金黄色山水画；脆的晶莹透亮，炸到心即可，被称为"咔嚓洋芋"，极言其脆。炸好后捞出架在一个大碗中，气势磅礴，还要用筷子按住不让它滚下来，才能递到桌子上。接下来，配佐料也是一门学问，桌子上摆满了大大小小的调料约有十种：咸酱汁、甜酱汁、豆腐乳汁、咸酱油、甜酱油、糊辣椒、花椒粉、花生碎、薄荷、芫荽、葱花等等，味道主要分咸、甜两种。资深的食客和本地人拌好佐料后都会问店家从锅里要一勺热油倒进去，滋滋作响，将所有佐料的味道全部激发，让它在调料中敲锣打鼓，然后安静下来，好看，好闻，嘴还未动，眼睛早伸了过去。然后慢慢端坐，大口啖食，香得够味，辣得够爽，这时再来一瓶冰镇啤酒或可乐，瞬间便可到达巅峰。陆良的炸洋芋并不是零食，它亦零亦正，宜零宜正，陆良人都是把它当成正餐来吃，一碗下去，身心俱安，便不再进食其他了。后来由于地产开发，洋芋街搬到了老灯光球场旁的皇庙街，中间带孩子去吃过一次。现在的炸洋芋大多已不再是生刮现炸了，早早的就过好油晾在锅边的铁网格上，打不起一点精神，恹恹欲睡，奄奄一息，耷拉着身子，一副快死的样子。有客人时再次下锅，起锅后有一股淡淡的冷馊味，已没有了它过去的棱角，完全不是当年的模样了。就像是多年重逢的旧情人，人还是那个人，但满身已是别家气味了。

但终究其心不甘，其间好几次到陆良都想寻回学生时的味道，但都被朋友婉阻，不屑地说炸洋芋不是待客之道，于是每次都被拉到餐馆端坐，但心里还是放不下那一碗金黄的山水图。后来有一次单独出行，终于在朋友的指引下找到了读书时常去的那一家，从老板的相貌上确认了它的真身。整条街，它独善其身地在着，旁边不远，是黄金娣米线。虽然门头的店招上写着"二十年老店"，但从我记得算起大约已经有三十年了，也就是说，轰轰烈烈的"圈地运动"已经让他们从祖屋迁到新地十年有余了。老板娘年轻时容貌俏丽，是小城出了名的"洋芋西施"，也许是进入了"好看决定好吃"的误区，总感觉她的炸洋芋总是比别家的好吃，于是中学时几乎都是在她家吃的炸洋芋。后来再见时，老板娘容貌已经不再俏丽，岁月的沧桑沉淀为从容、平淡，容貌已退居第二，悄然隐于生活之下。她已不再掌勺，炸洋芋是由一个和她年纪相仿的小工来完成，还好，

洋芋

在曲靖，洋芋是一味药，专治曲靖人的心瘾。

洋芋依旧，佐料依旧，并未进行颠覆性的革命。店里多了一个冰柜，里面摆满了各种串式冻品，这个冰柜算是新时代迈进来的一只脚。店堂之中，目之所及，上了年纪的食客大多食用炸洋芋，而年轻人则大多点食火腿肠等西式冻品，宛若两个不同的世界。饮料柜的品种繁多，一个冰柜里面装满了上市公司，许多连名字都没听说，已经不是我们当年的寥寥几种了。我要了一份炸洋芋，照例往佐料上浇油，洋芋还是那个味，只是饮料却不知该喝什么了。老板娘还是那个老板娘，却换了容颜。

去年带友人再去时，她家忽然大门紧闭，一打听，说是已经歇业了。三十年原来也那么脆弱，要消失只是一天。

现在陆良的洋芋街，紧跟时代步伐，增加了各种小吃品类，价目表贴了满满一面墙，俨然一副西式快餐的样子，一家赛着一家，比多，比快。洋芋，只是卖狗肉所挂的那个羊头了。要快，大家都要快，洋芋太慢，需要岁月和节令，需要等待，没有人愿意慢下来，现在的吃洋芋之快是为了另一个更快。

洋芋开出专卖店，应该只是在曲靖才有的事吧。最早的大概要数胜峰小区的"老钟烧洋芋"，大约在 2000 年。老钟，中年男性，不说话，外地口音，态度生冷，像谍战剧里的特工，手中的刮子总感觉是微型手枪，随时可以发射子弹，洋芋店仿佛是地下交通站。他的洋芋不卖个数，只论盘卖，爱要不要。老钟看上去没多少文化，却极有营销天赋，那么早就打响了农产品初加工专卖化的第一枪，并且利用市场竞争不充分的机会，率先使用饥饿营销的理念。后来，老钟搬了一次家，在区七中的校门口，但已没有了先前的红火，因为在他旁边分布了若干对手。再到后来，老钟的烧洋芋店在这条街上消失了。但是，老钟燃起的革命的火种却熊熊燃烧，曲靖街头的洋芋专卖店如雨后春笋，风起云涌，在学校、车站、医院等人口密集地段遍地开花，成为曲靖一景。

有了街头实验和民间基础，烤洋芋的地位逐渐凸显，悄然间登上了大雅之堂。在酒兴园，烤洋芋与其他正式菜肴一同上桌，我先在这里吃到，后来其他高档餐厅也纷纷推出，烤洋芋作为正式菜式出现在菜单上，烤法各有千秋，但都归于一味：烟火气。甚至名头响亮的源一西餐厅，一度也顺势推出了烤洋芋，并且论两卖，洋芋身价倍增，在餐桌上被扶正。如果是本地食客，几乎凡桌必点。其中不少餐厅还同时推出了烤豆腐（臭豆腐、石屏豆腐、包浆豆腐）等菜品，作为烤洋芋的伴侣拼盘销售。如果是等客候菜时间太久的话，烤洋芋还会被作为餐前菜用于应饥，一枚洋芋下肚，等客时间再久，便也不怕了，胆已经壮起来了。即使随后就有拼酒大战，也能沉着应战，让对方输得不明就里。随后，一些中等规模的餐厅也把烤洋芋推上了餐桌，烤洋芋就这样在曲靖的主流餐桌上开出了花，不需要行政力量主导，随风潜入夜，润物细无声。从鸡毛小店、街头巷尾走上了堂馆，实现了丑小鸭到白天鹅的逆袭。

与街头小店的炭烤和手工翻拣的方式不同，这些大中型餐厅为了控制成本和提高出品速度，大多采用电烤的方式流水作业，虽然烤制均匀、卖相上乘，但多少缺了点烟火味。在宣天公路天生桥收费站附近，由于占据交通要冲，多年来自发形成了一个烤洋芋市场，过往的车辆都会在此停留驻足，在烟尘中吃上几个烤洋芋再往前走，到哪都不怕远。后来官方觉得经营形象太过野生，便加以引导规范，建成了正儿八经的烤洋芋城"天生桥洋芋烧烤汽车综合服务区"，把摊贩全部收了进去统一管理，这可能是中国唯一的烤洋芋高速公路服务区。由于过往食客众多，原先的小炉小灶已经满足不了流水般的过客的口腹之欲，这里的烤炉于是做了革新，由原来的单式蜂窝煤炉改成柜式烤炉，每个烤炉装有10组圆形抽屉式烤笼，每笼可装10枚洋芋左右，一次大概能烤二十公斤。摊主守在炉边，估着火候，凭着经验，戴着帆布手套，手握刮子，伺机抽出烤笼翻弄、刮皮，刮掉一层等着再烤出一层，直到通体金黄，被火文了身，要到拿在手里是焦的，看在眼里是黄的，吃进嘴里是香的，得烫手、烫嘴、烫心，才算及格，才是火的味道，要让人觉得火并没有熄，只是换了个地方，来到了身上。这当然是柴的功劳，燃料依然是柴，并没有因为规范而变成了看不见的其他暗火，那种只有热和温度，没有光，没有明的暗火。柴就靠火炉放着，一转身它就变成火，在进入炉膛之前，它是火的前身。但现在炉子里熊熊燃烧的，是另一个自己，一些温度已经提前传了过来，自己马上就要接了上去，变成光明，变成灰，但消失是另一种存在。火就是火，光明正大，还跟石器时代的一样，古老、执着，不改其志，红彤彤，明晃晃，热乎乎，火苗永远往上蹿，努力地去够上面的洋芋，只有灰烬才往下掉落，火的使命就是向上。客人一到，打开抽屉，取出来就是。

几把小刀插在一个水杯里，洋芋到手，一分为二，要什么佐料都有，榨菜、蒜茸酱、干辣椒面、腌萝卜节、香辣酱、腌姜片、花生粉、小米辣、麻辣酱、炸脆椒、韭菜花、水豆豉、油辣椒、野胡葱、豆腐乳、水腌萝卜、香菇酱、青椒酱、泡大蒜、葱花、拌折耳根、野藠头、烧青椒等二十余种，都和洋芋来自同一片土地，想怎么吃都行，在这么多佐料面前，只感觉洋芋不够用，常常是吃着吃着就多了，明明是来吃洋芋的，到头来却发现洋芋才是佐料。

在这样的天生桥，烤洋芋便是旅途。

洋芋对曲靖人来说可以说是入肉三分，已经成为生命中的一部分，以致不少餐厅动足了脑筋要让它作贵族化的升级改良。在一高端酒楼吃到一道菜——用洋芋泥团成坨炸酥后和鱿鱼合炒，猜想厨师是想把山野之味和海鲜做一个融合的尝试，但是这样的"山海经"似乎并没有受到认可，席后基本原样未动。芋泥成坨之后，遇冷容易见馊，粒食变粉食，仿佛动了筋骨伤了元气，文气绉绉，一下子就有了距离感。看来，洋芋终究是山野之味，还得用粗野一点的吃法才更见本色；其次，洋芋终究是平常、平民食物，还得让它回归平素。至于和燕鲍翅参为伍的，有的是。

在曲靖，洋芋可拼万物。21世纪之初的若干年间，洋芋和鸡携手从宣威走到了曲靖，并一度引领风骚。在胜峰小区旁按现在的城市管理标准应定义为违章建筑的简易房中，陈氏洋芋鸡占据着翠峰路最大的店面，就餐高峰时，宛若大型国企的职工食堂，各种口音此起彼伏，鸡肉和洋芋的香味汇集弥漫，热闹非凡。鸡是相对经济的食材，洋芋也是随处可见的食物，合在一起也十分妥帖。鸡黄焖至全熟之后，再选大个的洋芋，横切一刀，一分为二，高压锅焖至洋芋开花，表面已成薄泥，汤泥一体，鸡肉敷泥，芋身肉裹，浓得化不开，开盖，香气升腾上扑。上桌，所有的筷子不约而同挥向洋芋，夹起入碗，大样，够块头，够味。后来，由于城市发展，整条街的临建被拆除，各餐馆作鸟兽散，散布于城市的各个角落，常到此的食客也被瓦解离析。陈氏洋芋鸡也搬了新地方，经营范围也扩至炒菜，洋芋鸡只是其中一味，去过几次，洋芋鸡已不复当年之盛，常去的多是执着的食客。

在曲靖，洋芋不是万能的，但没有洋芋却万万不能。在曲靖，洋芋是一味药，专治曲靖人的心瘾。

2021/03/04 改

2021/11/09 再改

"顺"食记

题记：2020 年 10 月 14 日，与友人一行乘高铁从珠江源头的曲靖出发，顺流南下，直抵源尾的顺德，号称要顺着珠江顺着顺德顺着吃，因此为"'顺'食记"。但时间匆匆，几天下来，感觉脚步是顺了，但顺德的门都没摸到。问顺德朋友，回答说他们自己也没吃完，顺德是吃不完的，于是，心安，嘴得。

顺德是佛山的一个区，佛山是珠三角的一个市，珠三角是珠江于南海的入海口，曲靖是珠江的源头，按这样的地理逻辑，顺德与曲靖有关了——曲靖流出了个顺德。

我们不像流水，由水滴可以组成珠江，既是她的一部分，又最终是她，和她一路，奔流到海不复回；我们甚至不如一条小鱼，在她里面，在她的暗部，从马雄山一路顺流，到达珠江三角洲，游入大海，去到更广阔的深处。河流信马由缰，毫无预兆地在这里拐个弯，在那里跳下悬崖；在这里分个叉，在那里像地铁一样钻进地下；在这里变细，在那里加阔，以神秘的流淌，把最肥沃的土壤带到它力量的末端，停下来成为一片良田，水再兀自远去，直奔大海，头也不回。

我们只能坐在高铁上，忽而看见珠江的一段，江面豁然开朗，水流像把大地撕开一个口子，铺在大地上，像白色的血液，江水就在铁轨底下，仿佛触手可及。忽而，我们又被她抛得远远的，拒人千里，南辕北辙，各奔东西，流水根本不顾及同乡之谊，它不等谁，只管向前。高铁不像河流那么恣意，高铁从头到尾都是一场计算，计算里程、宽度、桥梁、隧道、海拔、车体、时速、电容，等等，然后到达准确。流了数万年的河流，高铁用几种算法、一堆图纸、一批机械、几个车头，时速两三百，裁弯取直，遇山打洞，遇河架桥，6个小时便可到达。源头跑得再快，也比不上车头，流水流得再久，也比不上发动机。我们不要"孤帆远影碧空尽"，不要"轻舟已过万重山"，不要"东船西舫悄无言"，不要"画船听雨眠"，我们要比这个更快，要朝发夕至，我们不要缓缓流淌，不要"小楫轻舟"，我们要飞越，要弯道超车、超船、超音速、超时空，我们要轰轰烈烈，要勇争第一，慢就是落后，落后就要挨骂。

我们上升、下降、钻洞、过河、越林、穿越黑暗，当高铁驶进南方最大的这个冲积平原时，我们忽然发现了时间的力量，发现了流水的秘密，珠江从源头流了几万年原来都来到了这里，顺德人的生活就在这片大地上被打开了。仗着这片水土，顺德用美食连起了世界，而世界也用舌尖在回报这片土地——平均每天约两万人从世界各地来到这里，只是为了吃一顿。顺德在源尾悄悄地创造了生活，他们在源尾一直醒着，而我们在源头正好睡。我住江之头，君住江之尾，本应是一条线段上的两个点，源头还有上游者的优越感，但顺德打开的世界，让人忽然发现，曲靖和顺德原来不是一条河上的蚂蚱。曲靖是珠江的源头，顺德是粤菜的源头，顺德把一个依赖源头供给给养的源尾变成了另一个源头，变成了靠一桌菜走向世界的源头。

我们混迹于南来北往的游客中，没有人知道我们是源头来客，也没人在意，毕竟顺德来客如潮。顺德城内的河道中水流潺潺，一定有些流水和我们一样，是来自源头，只是我们停了下来，在这里醒来，睡去，而流水不停，不舍昼夜，向前流淌。江河古老，河道常在。河道已度过数万年光阴，但流水常新，和我们同时出发的流水早已滚滚流去，现在河道里的水一定是从源头新来的，一直流，不间断。我站在河边不动，看着经过一块石头的河水，石头纹丝不动，流水千变万化，时刻不同。赫拉克利特说，人不可能两次踏进同一条河流，一切皆流，无物常住，光阴陈旧，流水崭新，世事变幻，唯变化永恒。

我们不是源头派来的信使，我们没有使命，我们只是源头向源尾寻味的食客。我们希望在风靡世界的顺德美食中，能够找到与源头相关的美食密码，能够探寻到顺德人用一片源尾的土地赢得一个源头世界的密码。

"金榜牛奶店"之"双皮奶"

金榜牛奶店位于顺德大良甲子路上，店面很小，并不起眼，对面是一个基督教堂，与奶店一样不起眼。

店内的桌凳古朴老旧，一看就是上了年份。老式的吧台上摆放着古老的财务用具——算盘，吧台后面挂满了各种证照和奖状，颇与台湾永康牛肉面类同，其中就有一块金奖的牌子。奖牌下面的照片上，一位富态的妇女正笑逐颜开地制作双皮奶，她就是金榜牛奶店的创始人，照片上约莫五六十岁的样子。照片现在也成了老照片，与整个店面的物品、陈设一样，充满了岁月的包浆。在互联网风行的时代，金榜牛奶店仍然保持着老派的作风：只收现金，不接受网络支付；每天售卖数量有限，卖完即止，不再加量；只供堂食，拒送外卖；产品也相对单一，仅提供双皮奶、蜜糖龟苓糕、鲜奶冻三种产品。

我们要了一份热双皮奶、一份冻双皮奶、一份龟苓糕。冻双皮奶皮光肉嫩，上层奶皮平滑凝润，不起褶皱，弹性十足，一勺下去，皮、冻分明，奶皮薄若蝉翼，奶冻白若凝脂，又似上好的豆花和女子的雪花膏，或是婴儿的皮肤，冰清玉洁，吹弹可破，不忍下手，又回弹有余，暗暗藏着回力。下层奶皮光洁平滑，风味甜香软嫩，鲜甜不腻。我向来不喜食甜，但尝了一口便停不下来，一股浓浓的香甜直抵味蕾，却不觉甜腻，奶冻入口即化，奶香馥郁，全没有水牛奶的腥气。冻奶冰爽适口，炎热的午后来一碗，感觉像把一部冷气机放进口中，顿时凉了下来。热奶温热鲜糯，与冻奶相比，因加热而激发出更加浓厚的香味，舀出一勺，奶香四溢，满室生香。才一份下去，一行人即全中了奶毒，女伴尤甚，感觉她们和奶就是同类。一开始同伴嫌甜，但以后每到饭点便奶毒发作，开口即要奶，于是先后在民信老铺、赵记传承、南记海鲜、石湾陶瓷城等处的店面又吃过好几次，总感觉差了点什么，这时才念起金榜双皮奶的好来，是至甜、至奶、至旧？还是因为这是顺德之行的头部奶而留下的味觉启蒙？据说仁信的也值得一尝，但因为赶时间而错过了，且留作下次的探寻。

临走时，柜台里多了个老人，显然是照片上那个主人，白发爬满了额头，她已不再年轻，不再笑逐颜开，取而代之的是平和、笃定，因此才有了那么老派和老牌的店规。只是，在一个快得发疯的时代里，这样的坚守到底还能持续多久？我们引以为豪的美食传统终究会被时代的快车轮碾碎吗？在店的一角，一位阿伯动作缓慢地收拾着碗碟，那是她的丈夫，也满头银发。

同样以双皮奶闻名的民信老铺开有多家连锁，打开了一个更大的世界拥抱时代，而金榜奶店则我行我素，遗世独立，依然坚守着古早之风，以一双老迈之手与流水线做着最后的对抗，任由现代化的浪潮把它推到了岸边，岿然不动。

多年以后，金榜双皮奶会是什么样？应是：双皮奶仍在，但已无金榜。

飞花逐水流，此物最相思。

"叮嘚私房菜"之"银杏胡椒猪肚汤"

叮嘚，在粤语里是奇怪、不寻常、刁钻、稀少、让人意想不到的意思。在高手林立的顺德美食江湖，要做到不寻常、强中更强、人有我能，以"叮嘚"命名，既要有勇敢的心，又要有过硬的手。叮嘚的确稀奇，刚进门，大厅的墙上便见各种菜肴的大幅照片，占了满满一墙，气势磅礴。照片底下，便是墙上照片的原材料、前身，是那些影像的具体展示，像是一个博物馆。在水里游着的，笼里动着的，筐中露着的，都将去到照片后面的厨房，殊途同归，成为口中物。

尽管好吃的菜品不少，在我看来，银杏胡椒猪肚汤可作为它的招牌菜。先以筒子骨熬出汤底，再放进猪肚、粉肠两种肉料，加入姜片、陈皮、蜜枣、白果（银杏）、胡萝卜、胡椒碎、薏仁、枸杞等调料入锅，文火慢炖十多个小时，直至汤色变成乳白。端上桌来，汤肉分食：猪肚、粉肠以碟子捞出，凌驾于砂锅之上，威风凛凛，傲视群肴，王者风范尽显。汤则留于瓮中保着温。砂锅置于餐桌中央，仿佛在举行一个古老的仪式，周围盘碟棋布，像是朝着砂锅跪拜。猪肚闻之鲜香宜人，色泽深沉厚重，入口即化，糯而不腻，即使耄耋老人，亦可轻松消化。粉肠粉嫩无异味，既有嚼劲，又沙口软适。筒子骨两头锯开，可直接吮食骨髓，骨髓已由液变成体，在信奉"以形补形"的中国人看来，吸一口，便可立马赋能，有得道之感。汤水值得称道，鲜、香、甜、浓、润，一碗下去，满腹锦绣、口舌生津、暖透全身，可连饮数碗不辍。后厨一看，秘密全在这里：四五十只蜂窝煤火炉一字排开，一只只陶罐蒸汽升腾，像一列开往春天的老式蒸汽烈车，水与火在这里完成了最和谐和最神秘的交融。

不少人疑问，广东人的生活节奏那么快，顺德人为什么一直不使用煤气、高压锅烹制食物，以提高效率？广东人深谙饮食之道：煤气和炭火所发出的红外线强度不同，炭火发出的红外线强度更高，可以把食物里外煮透，使味道更足。另外，用砂锅文火煲汤既可以减少水分流失，又可以把肉里的一些呈味物质很好地释放出来，使食物味道好，营养高。这是广东人的科学精神，也是他们的生意之道，目光要远，生意才长。

"石洪品粥"之"拆鱼肉球粥"

到石洪品粥的时候，已是次日凌晨。掌柜夫妇二人坐在小院里小憩，看样子刚才应该是一番热闹景象，繁华刚刚散尽。

石洪品粥坐落在街边的拐角处，是角店，也是家宅，不是本地的朋友介绍，很难找到。一般来说，美食最开始往往都是源于自家灶头，然后才登堂入室，脱离草根，相貌堂堂。石洪品粥多年来一直坚持在自家灶头，做夫妻店，拒绝现代化。大多数顺德人都是这样，他们相信饮食需要坚守的是味道，而不是装修。

我们要了一份拆鱼粥。拆鱼粥，顾名思义，就是把鱼拆碎了做成的粥。拆与撕不同，拆要小心翼翼，保持食物的块头、形状、破碎的完整，撕则是以碎为目的，要快，可以不计后果。石洪品粥所拆的鱼用的是鲩鱼（草鱼），一种常见且便宜的淡水鱼。在曲靖，草鱼和粥是两种风马牛不相及的东西，但经顺德人一鼓捣，草鱼瞬间成了稀奇之物。先把草鱼去除腥泥之味，再把鱼头、鱼腩放于火上蒸十分钟左右，然后用手拆成小块备用。经此一拆，草鱼成了一味上好的美食，仿佛已经不再是草鱼。之前，在我们的烹饪经验里，老觉得草鱼肉质不好，难成雅物，现在看来，错的不是鱼，错的是我们自己。除了拆鱼，在熬好的粥底里还加上猪肉球，肉球约有肉丸四分之一大小，鲜香嫩脆，肉心可见粉红，似早春的樱花，不老不生，没个十几二十年的功力是做不到的。最后再放入顺德常见常吃的节瓜丝，一碗美味可口的拆鱼肉球粥就把你带到了人生巅峰，令人咂舌。石洪品粥的拆鱼肉球粥粥底淳化鲜香，拆鱼鲜嫩爽口，肉球香嫩无比，节瓜甜嫩清香，一碗下去，一夜也就安稳了。

"友口福"之"桑拿鸡"

涛哥常在凌晨三四点醒来做美食攻略，攻馆略食，这让我们省心、省时、省银子。友口福的桑拿鸡也是半夜攻下来的"城池"。组长说，美食常诞生在违章建筑里。顺德也不例外。友口福的桑拿鸡就在工棚似的棚屋底下。棚屋座无虚席，我们前后左右是熊熊燃烧的煤气灶，顶上是正午近30摄氏度的高温穿棚而下，让我们觉得自己才是被桑拿了的鸡。

友口福的桑拿鸡是将整鸡活杀后全部剔去骨架，鸡肉全部切成薄片待用。鸡骨架加水后以猛火煨煮，作为汤底。汤底沸腾上汽后，先将切成薄片的鸡肉均匀地铺在蒸片上，再撒上些许虫草花以提味、增色。桑拿鸡在顺德较为流行，有的餐馆烹蒸时，会在蒸片上铺一层桑叶，因为顺德蚕桑产业发达，桑叶既是就地取材的食材，也是夹在顺德美食中的书签。有的餐厅则会铺一层红薯或者南瓜等等，不一而足，全凭自己对鸡肉的理解。鸡肉铺好后开猛火，伺餐的阿姐站在旁边掐表对时，蒸4分钟，不多不少，时间一到，立马开锅，像是战斗打响。揭开锅盖，清香扑鼻，甜意绵绵，取而食之，嫩字当头，香鲜袭人，无可抵挡，再坚强的心也沦陷了。在此前的烹饪经历中，我还无从了解一种动物的肉材只用4分钟即可食用，更何况只是蒸，此鸡到底何方神圣？是鸡之功、火之功还是蒸之功？一时竟难以判断。

两大盘鸡肉竟然在短短半个小时内被一扫而光，我们不得不重新审视一下自己的食量。鸡桑拿殆尽，人酣畅淋漓，取掉蒸片，锅中鸡架熬成的清汤也刚刚好，没有额外加油，和着鸡架的骨香和蒸鸡沥下的薄薄油脂，锅内已是一汪高汤，再倒入鸡血、鸡杂及一众蔬菜同煮，百味尽出，啖汤食菜，去油解腻，真是快意。一只平凡的鸡，竟有这样的吃味，不得不感叹顺德人的生活智慧。至于蔡澜所言"鸡无味"则只能算个人之见，见仁见智。

两点半一到，老板逐桌交代：食毕记得关火，便兀自散去，不再服务。瞬间人群仿佛遁入地下，棚底归于沉寂，我们最后一拨撤离，阳光已经斜斜照上桌面。涛哥按下相机快门，留下了工棚底下这个无人的世界。

"南记海鲜饭店"之"金鲷鱼生"

南记海鲜饭店是当地朋友推荐的鱼生必吃店，但我们进店已晚，没有点到淡水鱼生，便要了一份金鲷鱼生。

金鲷生活在深海，油脂适中，肉质细腻。服务员告诉我们制作完成需要40分钟，得等。还好，先有一份羹汤和一瓶马爹利VSOP打底，可以等。过程既然不枯燥，等待自然不漫长。40分钟后鱼生上桌，2斤重的金鲷只片出很少的两份鱼生，竟感觉不忍下箸。鱼生薄薄地铺在厚厚的冰块上，像一层轻轻的肉浪，肉片中有黑色发丝般的细纹，我打趣原来金鲷的羽绒是往肉里长的。

服务员上了一只小瓶装香油和两份配料，一份是蒜片、藠头片、洋葱丝、姜丝、榨菜、泡椒、迷迭香，一份是花生米、食盐、白糖、头菜粒、白芝麻、鱼腥草干、炸粉丝等。一开始，我们把各种配料一股脑都放进料碗，然后倒入香油没过配料，油汪汪一碗。心想，曲靖的蘸料不都是这样配的吗？吃了几箸，感觉油腻不已，料浓味杂，不禁品尝，顿时疑心顺德鱼生徒有虚名。服务员见状，立即移步过来发出整改通知：先挑喜食的配料用鱼生包起，呈卷筒状，再挑合口的调料置于碗中倒入少许香油，稍稍润湿即可，然后用鱼生蘸油料同食。感觉有点像片皮鸭的吃法，精贵的鱼生此刻只是面皮、辅料，配料才是核心，这个吃法好逆反。猜想服务员在口罩下面已经笑得很鄙视了，就像我们取笑外地人到云南吃过桥米线一样。按规定整改后，方觉金鲷终为金鲷，"修"成正果了。鱼生薄如蝉衣，晶莹透人、鲜嫩细腻，腥味尽去，与配料同食，则有鲜、香、油、嫩、甜的和谐之美，软润合度。加几丝迷迭香，风味又大异其奇，鱼鲜伴着迷迭之浓香，盘旋于口，呼呼升腾，久久落不下去。但加迷迭香不能过量，否则鱼味尽失，满嘴茴香似的味道，迷翻了人也不在话下。

据说，顺德还有好多家做鱼生的行家里手，南记只是其一。此时终于理解当地人对鱼生的自信了：顺德人做的鱼生在世界上也是排得上号的，特别是淡水鱼生，完全没有对手。看来，这也不算癫狂。

"南记食粥坊"之"猪杂粥"

我们到的南记食粥坊位于佛山体育馆旁，为众店之一。此店的店堂文化比较有意思，厨房出菜口的上方庄重地写着："我们的粥底是花三个半小时熬出来的真材实料，健脾养胃。传统吃粥方法是用小碗盛出来吃，口感绵滑。请勿将（粥）盆乱搅、动、（以免）影响口感。"这样的粥底就是他们的底气，禁止乱搅动则透着威严、自信与规矩。另外一面墙壁上写着"传统食品要趁热吃才好味"，门口的店招上则写着"我们不搞任何套路营销，只踏踏实实做好每道菜"，与连锁店油滑、虚浮的文案相比，语句虽然略有瑕疵，但这恰好透出了朴实、本分、心无旁骛、专心致志，做菜不是比谁说得好，而是比谁做得好；不是比文字，而是比用心；不是比套路，而是比真情；不是比时髦，而是比传统；不是比营销，而是比味道，味道才是最好的营销。不是比嘴，而是比手、比心，最好的嘴不是长在自己身上，而是长在食客身上。

我们要的是猪杂粥，南记的招牌。粥汤里猪腰、猪肝、猪舌、粉肠、里脊等一应俱全，料多量足，这些在西方饮食世界被视作弃物的东西，在顺德却被各种妙用，化腐臭为神奇。一副副猪下水炙手可热，成为顺德厨师日常又热门的食材。做好下水，方见功夫。最臭的地方，离香味最近。粥底的确如店家所言，绵滑香浓，入口即化，各种猪杂亦是嫩滑脆爽，油而不腻，味虽浓却不煞风景，味虽奇却美妙。粉肠略显腥臊，但并不是处理不好导致的异味，而是要保留食材本味的有意之举，这也是粤菜之根本。为了除腥，猪杂粥还配有酱油蘸料，供食客自选。杨妈妈只闻了一口，便嫌腥臊过重闭口拒食，以示抗议，看我们又上了另一套下水——当归鸡子浸猪腰，就是腰子炖腰子，鸡腰子炖猪腰子，更是怒从中来，骂作吃臭。道在屎溺嘛，我吃的明明是道。肠道肠道，道在肠中，肠即是道。

从头至尾，杨妈妈全靠一盘鲮鱼干炒苲麦菜和两三味赵记传承的甜品外卖续命，而两份下水道则全被我们倒进了自己的下水道。

"丰圆轩"之"鲜虾红米肠"

早点才吃了一天的单品——常平竹升面，杨妈妈便呼吁还是要回归酒楼，酒楼的早茶才算得上"一天之计"。

东城酒楼的早茶中规中矩，用力平均，总体平衡，品类丰富，应有尽有。较有特点的是它的服务，若干服务员推着餐车穿梭于厅堂之间，一派车水马龙的样子，餐车上堆满了各式茶点，餐车前面挂有菜品铭牌，客人可根据喜好自助取食，仿佛把厨房送上了餐桌，餐车就是菜谱，方便、灵活、信息公开。

让我印象深刻的是伦教糕。伦教糕因地名伦教而闻名，有点类似曲靖的发糕。但伦教糕不是用成品白糖制作，而是以伦教盛产的甘蔗和大米为主料现制，糕色洁白如雪、甜而不腻、米香浓郁、Q弹劲道，以至于让我这个鲜染甜食的人也深深沦陷。后来，打算尝一下久负盛名的欢姐伦教糕，但清晖园门口的店面只能外卖而无堂食，便作罢。于是去了旁边的民信老铺小坐，尝了芋丝糕、炸牛奶、红豆双皮奶、杨枝甘露等，我要了一份姜汁撞奶，皆可圈可点，没有败品。

丰圆轩坐落在禅城区华强广场的商场四楼，不太好找。丰圆轩的茶点品种不算太多，我们点了炸春卷、肠粉、虾饺、黑椒牛仔骨、鲜虾红米肠等几例。其中的鲜虾红米肠获一致好评，鲜虾红米肠在佛山的茶楼是家家常见、桌桌必点、人人欢喜的早茶点。红米做的粉皮让人眼前一亮、食欲大起。馅料以鲜虾为主，根据时令，还会搭配韭黄、胡萝卜、黄瓜等不同的材料，有的还会掺进马蹄（荸荠）碎等，虽千变万化，却不离一虾。丰圆轩的鲜虾红米肠馅料荤素合度，鲜嫩香糯，红米粉皮与馅料之间还夹了一层薄薄的丝网皮，软中带硬、干湿相合、味色大增，叫人食之不停、欲罢不能。黄色的丝网皮据说传自越南，系由低筋面粉煎炸而成。肠粉切面，红、黄、白三色交映，很是养眼。红米肠横卧盘中，如彩虹卧波，热闹喜庆，红米自带的浅红给味道抹上了一抹红色，味道也仿佛有了颜色，既壮观瞻，又经实用，匠心满满。不似一些花哨小店，往食物身上添加稀奇古怪的颜色只是为了哄住食客的眼睛。一盘小食，清香和焦香，软和硬，荤和素，干和湿，山和水，动物和植物，自然循环，四季轮替，多大的道理，都被包裹在这小小的一节一节的肠粉之中了。

旁边一对阿婆阿公慢慢啜饮，阿婆不厌其烦一勺一勺地喂轮椅上的阿公。食毕，阿婆推着轮椅上的阿公慢慢离去，不紧不慢。大厅之中，尽是这样的人群，没有慌张、匆忙、追赶。生活，在一顿顿的早茶中慢了下来。

"有记餐厅"之"白斩猪手"

广东人喜欢以"记"示号，在中国的传统文化里，这样取店名意在表达一种诚实守信、童叟无欺的经营信条，同时还表示这是家族老字号，立此为记，以示鹤立鸡群、独树一帜、自成一格，敢于担当。

有记餐厅就是这样的老店，开店已整整 40 年有余。有记坐落在顺德区金鱼路街边一个居民小区的外院里，不是熟客很难找到。顺德的好多餐厅就是这样，不在位置上占据险要，不在装修上盛气凌人，只在味道上暗中较劲。许多陈年至味都藏在小街小巷里，犄角旮旯处，藏在这座小城的深处。在顺德，不是餐厅追着人跑，是人追着餐厅跑。

有记餐厅从外墙开门，与楼上的居民背道而驰，自成一院，共有三层。我们到达的时候虽已午时一点，但楼上楼下室内室外依然宾客满座，像是包场的喜宴，连见缝插针的缝都没有了。所幸，最后在小院内寻得一客散之遗桌，落座，点单，顿觉稳妥。

在餐厅的外墙上看到，某美食平台从 2018 年起连续三年将有记餐厅收进顺德"必吃榜"。一个年仅 3 岁的美食平台对一个 40 出头的餐厅品头论足，资本指挥着传统，数据指挥着手艺，虚拟指挥着现实，这是不是就是时代的趋势？倘若再来 40 年，最终留下的会是有记餐厅还是美食平台？时代最终会选择留下一顿饭还是选择留下一堆数据？时代固然是向前，但吃饭也不是向后。

白切猪手是每桌的必点菜。猪手，是广东人对猪蹄的雅称。按理说，猪手应当叫猪脚才对，改猪脚为猪手，让猪的脚从称呼上解放出来，仿佛获得了观念上的人性，猪从此站了起来，当家做主菜，地位从猪提升到非猪，足见广东人对食材的尊重和雅量。某种意义上，尊重食材就是尊重人类自己。

比起其他猪手，有记的猪手真的很白。乍一看，纤手皓腕，肤如凝脂，有点大家闺秀的意思，这是我首次看到猪手而没有把它和毛茸茸的猪联系在一起，仿佛猪中的大小姐，从来没有长过毛一样。又一看，觉得这仿佛又是一盘素菜荤做的面蹄，冰清高冷，不食人间烟火，无形之中竟有了些许禅意。

白切，两广地区大多称为"白切"，海南则多称"白斩"。在广东，无肉不可白切。白切之白，系指不添加任何调味材料先把肉煮熟，不上色，然后再用味碟蘸着吃；白切之切，系指一种刀法运用。白切的特点是肉材乳白透明，片薄甜脆，看似淡然无味，但是只有真正的老饕才知道，白切肉才能体现出肉材本来的风味，正所谓大道至简、大肴无味。

有记的白切猪手在盘中分为两半，一半为白切肉，由前蹄烹制，整齐规矩地俯卧于碟子一侧；一半为蹄骨，由后蹄烹制，彬彬有礼地卧于碟子的另一侧。摆盘上既泾渭分明，又浑然一体，一片一块整齐排列，厚薄均匀，虽为手工，宛如机切，这是切刀之功，也是告诉食客盘中有骨肉团圆、鱼水情深的意思，肉在，骨也在，实实在在，尽可放心。白切肉为剔骨后留出的净肉以细线绑扎烹煮，有些仿似曲靖的金钱火腿。肉皮覆盖其上，筷子轻轻一拨，猪皮应声滑落，皮子底下露出白里透红、肌理细腻的肉片，包边的是胶原蛋白形成的透明胶质，温润如玉，紧紧包环，一明一暗，一虚一实，一浓一淡，有些肉上山水的意味。白肉劲道Q弹，肥而不腻，蹄骨刚中带韧、嚼劲十足。此前在南记海鲜餐厅也见到白切羊肉，当时也凡心大动，几欲染指，无奈的是，肚子太小，装不下太多的白切。当时看着堂间来去的白切羊肉，疑心与曲靖的猛料熬制相比，这样的性冷淡风格能否去腥除膻？到了有记才发现，这样的担心似乎多余，就像眼前的这碟猪手，要吃出点猪味来也不容易，何况羊肉这样的重膻之物，顺德厨师定有良策，因而更是充满向往。

广东的白切肉大多都会搭配不同蘸料，以满足客人的多种口味。但有记的白切猪手有所不同，不搭配专门的蘸料，而是事先就在碟底浇入薄薄的一层生抽类汁水，算是蘸料，可以即蘸即食，也可不蘸而食。我们则把肉片放倒，让它浅浅地躺在蘸料中，养上片刻，然后整片入口，则又是另外一番风味：香上染香，冰凉祛溽，绕口不绝，肉意浓浓，感觉人也慢慢地凉了下来。杨妈妈嫌不过瘾，掏出她随身多日的"传家宝"——糊辣椒干蘸料配食，仿佛这才是属于自己的人生况味，虽然脚在顺德，嘴还是要向着曲靖嘛。

满足的是，同伙都把蹄骨让给我和涛哥专享，我们因此吃得更敬业，把整块骨头翻来覆去啃了两个遍，不留一点"死脚"，仿佛这样才对得起这份怜让。苏轼说"人间有味是清欢"，此时此刻，觉得嘴下的这份味道应该是"浓欢"，聚起来，便化不开。

"虾炳海鲜"之"蒜蓉蒸乳山生蚝·蒜蓉焗青龙虾"

虾炳海鲜坐落于原顺德柴油机厂区内。几年前顺德以"三旧改造"的方式完成了对顺德柴油机厂的活化，名为"柴油机1959"，成为一个创意园区。顺德柴油机厂成立于1959年，位于容桂街道珠江水系的德胜河畔，当年曾号称顺德工业的"黄埔军校"。在厂区外，从江上吹来的风带着腥气、柴油、汽油的混合味道，江上一片繁忙，大小船只往来穿梭，鸣着汽笛，打着招呼，擦肩而去。入夜，灯塔从江面升了起来，航标灯开始指路，一副不打算休息的样子。

虾炳海鲜餐厅由一个大厂房改造而成，层高十余米，高大宽敞，轻易就看得出那个时代的决心。整个大厅摆满了大张大张的餐桌，有三四十张，座无虚席，人声鼎沸，干劲冲天。房顶的巨型吊扇不停转动，但还是热。当地的食客却不觉得，热就是他们的生活。当年这里不就是一片热土吗？一片为新生的共和国钢铁提供动力和引擎的热土。现在这里也是一片热土，一片改革开放的热土。热，就是顺德的体感温度。

这里比较有名的是蒜蓉焗龙虾和蒜蓉蒸生蚝。"便宜又好食，竟然都有膏，咁嘅价格仲要整埋比你食，盒马都买唔到只生㗎啦，龙虾肉爽口弹牙，虾膏鲜甜，甚是满足的口感。""特大生蚝送上饭桌的分量甘十分，大人小朋友都忍唔住拍照比对生蚝大小。乳山生蚝果然无令人失望，鲜甜无渣满口香。"这是当地食客对龙虾和生蚝的描述。蒜蓉焗龙虾很大，长过巴掌，满满的蒜蓉伏在开片成两半的虾肉上也显得力不从心，根本盖不住饱满的虾肉。除了蒜蓉，还撒有香葱、红椒碎，去腥、提鲜、增味，都在硕大的虾身上完成了。虾上桌的那一刻，谁又忍得住呢，只有吃这一条退路了。是可忍，孰不可忍，这样的龙虾就不可以忍。

生蚝硕大无朋，来自青岛乳山，最大的长过手臂。北蚝南运，看上的也许就是它的大尺度吧。我们点的稍小，也大过手掌，两只下去，已堵到喉咙，但又弃之不忍。蒜香伴着蚝鲜，入口鲜嫩爽口，清甜沙爽，火候正好，不生不老，隐隐透着一股海洋的气息。取去蚝肉的蚝壳中，蚝汁过半，液汁清明透亮，一看就知道虽经长途辗转，这只蚝却也洁身自好，自恃风华，不甘沉沦。一蚝在手，吃肉啖汤，也算是一蚝两吃了。此前在别处吃到的生蚝，要么干瘪枯缩，要么稠浓稀腻，只能以过量的调料遮盖其弊，虚应敷衍，不吃也罢。

另外，虾炳的让桑叶也值得一提。让桑叶用的是桑叶尖，故而鲜嫩芬芳，清香四溢，甜中蕴鲜，像是初春来到了盘中，让我这个来自源头桑蚕之乡的食者看到了源尾桑蚕之乡打开的另外一个世界。虾炳的炸云吞也是一绝，本已吃饱喝足，看到每桌一份，宛若标配，终究不想错过，赶紧加了一份。云吞炸得金黄透亮、坚香酥脆、棱角分明，肉馅不多不少，刚好配得起那样的火候，多之则不宜炸透，少之则容易炸老，一声脆响，先见面皮之焦香，再见肉馅之鲜嫩，齿颊留芳，没几分钟，便光盘见底，真可谓风卷残"云"。

2020 年 10 月

2021 年 2 月改

追味台湾

永康牛肉面

在九份，虽然已不见了昔日繁华，但窄窄的街道上人流依然摩肩接踵。只是小镇原来的主人由采矿人变成了游人。鱼丸、姜母茶、雪在烧、小笼汤包、芋圆……我们一路从街头吃到街尾，山下吃到山腰。然后，车往前行，到了十分。十分是一个铁路市集。以铁轨为市，各色小铺林立两旁，列车没有到来时，游客可以占用铁轨，尽情玩耍。列车经过时，人要让开，把铁轨还给列车。列车开得很慢，像在玩似的。

回到台北时，天色已晚。虽然在十分的铁路市集我放飞了一个写有"九份吃饱，十分幸福"的孔明灯，但实际上根本没有吃饱，因为在九份的吃法是用眼睛和嘴皮在吃，下不到胃里的。

导游黄先生带我们到老资格的"永康牛肉面"再补一顿。店面坐落在台北市大安区永康商圈的金山南路巷弄中，这里是台北的美食街，也是台北巷弄文化的发源地。时间已过了7点，但门外仍然排着长队。天空忽然飘起了小雨，店家为排队的客人准备了雨伞，很人性化。店面的服务人员会根据店内腾空桌子的餐位数到外面寻找相同数量的客人，然后安排座位，有点抽奖的意思。队伍安静有序，没有喧哗，无人插队。永康牛肉面有两层，二楼是雅座，需要预订。一楼的大厅摆满了桌椅，但桌子都不大，多为二人四人桌，方圆皆有，客人基本都是贴背而坐。虽然名头响亮，但店面简单朴素，随处可见的都是岁月的包浆。

永康牛肉面的菜品不算多，为川菜风味的台湾小吃，主打面条有红烧牛肉面、红烧牛筋面、红烧半筋半肉面、清炖牛肉面、炸酱面、红油抄手等几种，另外再有粉蒸排骨、粉蒸肥肠及几样风味小菜，便没有其他了。与成都龙抄手、杭州知味观长长的菜单相比，永康牛肉面的菜单只能算是附页。这似乎是台湾商业的共同经营之道——小而精，不贪大也不求全。工匠精神和文化传统也许正是基于此而得以传承。当然，这可能也与市场大小有关。

我们一行点的清一色都是半筋半肉面，有筋有肉，人手一碗。价格不算便宜，大约200新台币一份，折合人民币50元左右，但分量十足，面多、肉实、汤足、色沉、味酽，内向的女孩子光是面对盛面的大碗都会觉得害羞。先尝一口牛腩，块大软嫩，靶而不烂，

味达肉心，口中已感觉不出肉形肉状了；牛筋则晶莹剔透，弹性九分，胶质十分，软烂不腻，胶而不粘，本想着它肯定会和牙齿较劲的，但入口后即达成和解。面条只有一种，中等粗细，玉软花柔又暗藏劲道。汤色方面，汤头浓厚，酱香浓郁，甜咸适中，既四川又台湾。此前吃过许多地方的牛肉面，要么肉优要么面良要么汤好，占其一样便算幸运，而像永康牛肉面这样肉、面、汤三样俱全的，恐怕为数不多。这也许就是一碗面卖了50多年的密码。李笠翁在《闲情偶寄》里说，吃面不宜把佐料下在面汤之中，致使汤有味而面无味，这是喝汤而不是吃面，与不曾吃面是一样的。笠翁所说重面轻汤似乎也有失偏颇，有汤有面的双全之法岂不更好？

永康牛肉面由一名川籍老兵郑先生创始于1963年，最初只是一个小面摊，面汤以豆瓣酱搭配熬煮，不想竟拴住了无数人的胃口，最终爆火，由摊变店。据说当年郑老先生是因思乡心切但又归乡无望，才在路边扎摊，专心营生。在台湾，像郑先生这样放下枪炮、捡起生活的人很多。枪炮是武器，味道也是武器，枪炮攻下城堡，味道攻下生活。枪炮攻得下城堡，但攻不下生活，没有永不停息的枪炮，只有永不中断的生活。刀枪终要入库，生活随时展开，硝烟落下，炊烟升起。放下枪炮，立地成佛，佛就是生活。

快一个甲子过去了，据说郑先生年事已高不再主理了，面馆已交由另外的人打理。在台湾，有许多像郑先生这样的游子，他们永怀乡愁，乡愁就是一碗面。

在鼎泰丰吃包子

鼎泰丰在台湾有好几家店，我们去的是台北市大安区信义路店。旁边的"金石堂书店"随时挤满了人，但真正买书的并不多，基本都是在等待叫座的客人，书店成了鼎泰丰的候客区，不如叫"食堂书店"还更合适些。

台湾土地面积小，反映在闹市中的店铺上更明显，处处透着袖珍，土地在这里更应该叫寸土。鼎泰丰有三层，导游黄先生几天前就订好了座，我们穿过层层排队或就餐的人流被服务员带上三楼。在经过楼梯间和过道与其他客人相遇时，要么只能擦肩而过，这个擦是真擦，擦得出声音的那种擦，不是词语意义上的擦，而是身体意义上的擦。要么就索性停下让道，让道其实是让人，道已经没有了。台湾同胞都十分礼貌，主动为我们让了行。带到桌号，欣然落座。桌与桌之间的椅子也和人一样，椅背紧贴，密不透风，背靠背的椅子让人正襟危坐，就餐区热闹却不喧哗，其乐融融。

鼎泰丰创始于 1973 年，创始人杨秉彝出生于山西，1948 年从上海漂洋过海到台湾，先是在一家油行"恒泰丰"做伙计，油行倒闭后独自创业开设了"鼎泰丰油行"，继续老本行，并托同乡向于右任索得一副字作为招牌。后来，鼎泰丰油行的传统生意受到罐装色拉油的冲击，难以为继，杨秉彝接受友人的建议，把店面隔出一半来卖小笼包。杨是山西人，凭着刻在骨子里的基因和友人的帮助，小笼包甫一开张，就大受欢迎，客人口口相传，生意远远超过其传统的油品，这令杨秉彝始料未及。于是，杨秉彝就慢慢将油品生意停了业，把"鼎泰丰油行"招牌上的"油行"二字拿掉，专心致志做起包子生意，是为"鼎泰丰"。

鼎泰丰的包子有鲜肉小笼包、蟹粉小笼包、豆沙小包、芋泥小包、鲜肉大包、菜肉大包、香菇素包、豆沙大包、芝麻大包、芋泥大包等多种馅料，其中以小笼包最为知名。笼包有大小份之分，大份一屉十个，小份减半。笼包皮薄肉嫩，肉眼就可看见里面的汁水，晶莹剔透，吹弹可破，像是工艺品，让人不忍下手。鼎泰丰的笼包不像平常所见的包子那样憨拙敦实，倒像一个个圆圆的饺子，娇小玲珑，但是18道匀称的褶子却分明告诉你：这明明就是包子。要是告诉你这些相同的褶子是出自一二十个不同师傅的手工作业，你估计难以相信。据说鼎泰丰有一套严格的程序和标准来控制产品质量：5克面皮，16克馅，18道褶，蒸4分钟，这是鼎泰丰的数字经济。正是这样近乎严苛的标准，才让鼎泰丰走向了世界。餐厅的透明厨房内，十多个厨师统一身着洁白的工作服，快速而有条不紊地将肉馅塞进面皮，就像塞进一份重要的情报，然后迅速传递到下一环节，最后在食客那里把这份情报打开，秘密就藏在面皮里。整个过程神圣庄严，又像一场表演。对自己严一点，世界就会大一点，这是鼎泰丰的生存哲学。

我们先上的是大份的鲜肉小笼包，招牌。十个包子整齐地排列在笼中，像是一群丰腴的面佣在起舞又蹲下的瞬间。拣起，咬一口，汁水四溢，吮吸入口，满口留香；再一口，就着皮、馅嚼下，鲜香无比，面皮柔软劲道，韧性十足。馅料鲜嫩清香，油而不腻。不沾蘸水，一香独专；蘸上蘸水，双香齐发。虽然我们假装吃得很斯文，但一转眼，一笼包子便化为乌有，慢的是眼睛，快的是舌头，最后只剩一块洁净的白布于笼中。梁实秋说吃笼包要眼明手快，迅速抓住包子的皱褶提起，让包子皮骤然下坠，"像是被婴儿吮瘪了的乳房一样"，然后快速放入碟中，否则容易皮破汤流，一塌糊涂。梁所说吃包子的手法没有问题，但这个比喻对包子和乳房二者都有失公允。前者由面团到成品，已发生胀大，若喻作乳房，不仅未被"吮瘪"，相反是乳汁充盈，生机勃勃；后者有育人之功，凋谢就是伟大，更不能以形而论。再说笼中那块垫包子的布料，边锁得整整齐齐，一丝不苟，雪白清透，没有一点油痕，能清晰地看到蒸笼的竹架。蒸笼外侧也干燥整洁，闻得见木香。怪不得没有一个服务人员使用围裙，都是清一色的职业装，即使是把蒸笼紧贴在侧身，那衣服也是崭新如初，熨帖、整洁，像一个个移动着的模特。这是包子之外的功夫。

每上一种包子，长相清甜的台湾妹子都会用台式普通话轻吟："每人一（二）颗哦。"提醒食客包子虽好，也要平均分配，不要贪多。同时还告诉你蘸料的配比：一份酱油，三份醋，姜丝少许。照做，味道果然到位。服务员清一色都是少女，明眸皓齿，玉面凝脂，语甜颜娇，彬彬有礼，有人谓之嗲。我不以为然，嗲是一种语言带着身体走的暧昧，而这些少女发出的是自己的声音，是身体带着语

言走的甜呢，犹如她们怀中的包子，本味本色，甜而不腻，温婉得体。

有经济学家说，服务人员的颜值与经济景气指数成反比，但在鼎泰丰，一切都是相反，再说，谁又会管那么多。包子终究会消化，但那些少女甜美的微笑，才是鼎泰丰最好的馅料。

在回程的航班上，空姐同样微笑着为我们分发餐食，但这份微笑是在天上，与鼎泰丰那份地上的微笑明显不同。我和黄哥相视一笑：坐飞机不如吃包子，上天不如入地。

2018/11/29

2021/03/01 改

2021/11/16 再改